TUMULTO NO HARLEM

Título original:
A Rage in Harlem

Tradução:
Mariana Pardal Monteiro

Revisão:
Edições Almedina

Capa:
Susana Villar

Biblioteca Nacional de Portugal – Catalogação na Publicação

HIMES, Chester, 1909-1984

Tumulto no Harlem
ISBN 978-989-9124-63-9

CDU 821.111(73)-312.4"19"

Depósito Legal n.º 509346/22

Paginação:
Patrícia Boleto

Impressão e acabamento:
Papelmunde

para
Minotauro
janeiro de 2023

MINOTAURO, uma chancela de Edições Almedina, S.A.
Avenida Emídio Navarro, 81, 3D –
3000-151 Coimbra
e-mail: editoras@grupoalmedina.net

TUMULTO NO HARLEM

CHESTER HIMES

MINOTAURO

— Capítulo 1 —

Hank contou o maço de notas. Era muito dinheiro — cento e cinquenta notas de dez dólares novinhas em folha. Fitou Jackson com os seus olhos amarelos, frios.

— Deste-me quinze notas de cem, não foi?

Queria aquilo bem claro. Era estritamente negócio. Ele era um homem pequeno e vivo, com pele morena, manchada, e cabelo fino, desfrisado. Não tinha ar de estar ali para brincar.

— Isso mesmo — disse Jackson. — Mil e quinhentos dólares.

Também para Jackson, aquilo era estritamente negócio.

Jackson era um negro atarracado, forte, com gengivas de um vermelho arroxeado e uns dentes muito brancos de quem gosta de rir, mas Jackson não estava a rir-se. Aquilo era demasiado sério para se estar a rir. Jackson só tinha vinte e oito anos, mas o assunto era tão sério que parecia, à vontade, ter mais uns dez anos.

— Queres que eu te faça quinze notas de mil, não é? — insistiu Hank.

— É isso mesmo — disse Jackson. — Quinze mil dólares.

Tentou parecer satisfeito, mas estava com medo. O suor pingava do seu cabelo curto encarapinhado. A sua cara negra, redonda, brilhava como uma bola de bilhar.

— A minha parte vai ser dez por cento... Mil e quinhentos, não é?

— Sim. Pago-te mil e quinhentos dólares pelo negócio.

— Eu vou receber cinco por cento pela minha parte — disse Jodie. — Isso são setecentos e cinquenta. Está bem?

Jodie era um carregador, um rapaz de altura média, de pele escura e áspera, musculoso, que vestia um casaco de couro e calças do exército. O seu cabelo comprido e espesso tinha as pontas lisas e encarniçadas, e era frisado e preto junto à raiz. Não o cortava desde a véspera do ano novo e já eram meados de Fevereiro. Bastava olhar para Jodie para se perceber que ele era um bota-de-elástico.

— Está bem — disse Jackson. — Tu recebes setecentos e cinquenta pela tua parte.

Fora Jodie que conseguira que Hank o fizesse ganhar aquele dinheiro todo.

— Eu fico com o resto — disse Imabelle. Os outros riram-se.

Imabelle era a miúda de Jackson. Era uma rapariga de lábios cheios, corpo sensual e pele dourada, com os olhos castanhos de uma provocadora e as ancas arqueadas e gigantescas de uma amante nata. Jackson estava perfeitamente louco por ela.

Estavam reunidos, de pé, à volta da mesa da cozinha. A janela dava para a Rua 142. A neve caía sobre os montes congelados de lixo que se estendiam como diques ao longo das sarjetas a perder de vista.

Jackson e Imabelle viviam num quarto ao fundo do corredor. A senhoria estava a trabalhar e os outros hóspedes tinham saído. A casa estava por sua conta.

Hank ia transformar as cento e cinquenta notas de dez dólares de Jackson em cento e cinquenta notas de cem dólares.

Jackson observou Hank enquanto este enrolava cuidadosamente cada nota numa folha de papel tratado quimicamente, enfiando depois cada rolo num tubo de cartão e empilhando os tubos no forno do novo fogão a gás.

Os olhos de Jackson estavam vermelhos de desconfiança.

— Tens a certeza de que estás a usar o papel certo?

— Tenho obrigação de saber. Fui eu que o fiz — respondeu Hank.

Hank era o único homem no mundo que possuía aquele papel tratado quimicamente capaz de elevar o valor das notas. Fora ele próprio que o inventara.

Mesmo assim, Jackson observava todos os movimentos de Hank. Examinou até a parte de trás da cabeça de Hank quando este se voltou para meter o dinheiro no forno.

— Não estejas tão preocupado, paizinho — disse Imabelle, pondo o braço moreno e macio à volta dos seus ombros envoltos num casaco preto. — Sabes que não pode falhar. Já o viste fazer aquilo.

Jackson já o vira fazer aquilo, lá isso era verdade. Hank fizera-lhe uma demonstração há dois dias. Tinha transformado uma nota de dez numa nota de cem mesmo à frente dos seus olhos. Jackson levara a nota de cem ao banco. Dissera ao empregado que a tinha ganhado a jogar aos dados e perguntara-lhe se era autêntica. O empregado dissera-lhe que era tão autêntica como se tivesse sido feita na casa da moeda. Hank trocara a nota e devolvera os dez dólares a Jackson. Jackson sabia que Hank era capaz de o fazer.

Mas desta vez era a sério. Aquele dinheiro era tudo o que Jackson tinha. Era o dinheiro que economizara durante os cinco anos que trabalhara para o Sr. H. Exodus Clay, o agente funerário. E não lhe fora fácil ganhá-lo. Tinha conduzido limusinas em funerais, tinha ido buscar os mortos no carro funerário, limpado a capela, lavado os corpos e varrido a sala de embalsamar, despejado os caixotes de lixo com sangue coagulado, aparas de carne e entranhas podres.

Era todo o dinheiro que conseguira que o Sr. Clay lhe adiantasse sobre o ordenado. Todo o dinheiro que conseguira pedir emprestado aos amigos. Empenhara as suas roupas boas, o relógio de ouro, o alfinete de gravata com brilhante e um anel com sinete de ouro que encontrara no bolso de um morto. Jackson não queria que acontecesse nada.

— Não estou preocupado — disse Jackson. — Só estou nervoso. Não quero ser apanhado.

— Como é que nos podem apanhar, paizinho? Ninguém faz ideia do que nós estamos aqui a fazer.

Hank fechou a porta do forno e acendeu o gás.

— E agora vou fazer de ti um homem rico, Jackson.

— Graças a Deus. Ámen — disse Jackson, benzendo-se.

Não era católico. Era baptista, membro da Primeira Igreja Baptista do Harlem. Mas era um homem muito religioso. Sempre que estava preocupado, pelo sim, pelo não, benzia-se.

— Senta-te, paizinho — disse Imabelle. — Tens os joelhos a tremer.

Jackson sentou-se à mesa, olhando fixamente o fogão. Imabelle ficou de pé ao seu lado, apertando a cabeça dele no seu peito. Hank olhou para o relógio. Jodie estava um pouco afastado, de boca escancarada.

— Ainda não está pronto? — perguntou Jackson.

— Só mais um minuto — disse Hank.

Aproximou-se do lava-loiça para beber água.

— Esse minuto ainda não passou? — perguntou Jackson.

Nesse momento, o fogão explodiu com tal força que a tampa do forno foi arrancada.

— Raios me partam! — berrou Jackson. Saltou da cadeira como se o fundilho das suas calças tivesse explodido.

— Cuidado, paizinho! — gritou Imabelle, agarrando Jackson com tanta força que ele caiu de costas.

— Quietos aí, em nome da lei! — gritou uma voz desconhecida.

Um homem alto e magro, de cor e com pinta de polícia entrou a correr na cozinha. Tinha uma pistola na mão direita e um emblema dourado na esquerda.

— Sou o xerife. O primeiro que se mexer leva um tiro.

Estava com ar de quem falava a sério.

A cozinha enchera-se de fumo e tresandava a pólvora. O fogão estava a deitar gás. Os tubos de cartão chamuscados que tinham estado a cozinhar no forno estavam espalhados pelo chão.

— É a polícia! — gritou Imabelle.

— Eu ouvi! — berrou Jackson.

— Toca a pirar daqui! — gritou Jodie.

Passou uma rasteira ao xerife fazendo-o cair por cima da mesa e correu para a porta. Hank chegou lá antes dele e Jodie saiu quase às cavalitas de Hank. O xerife estava estendido em cima da mesa.

— Foge, paizinho! — disse Imabelle.

— Não esperes por mim — respondeu Jackson.

Estava de gatas e tentava levantar-se com dificuldade. Mas Imabelle ia a correr tão depressa que tropeçou nele e o deitou outra vez ao chão ao tentar chegar à porta.

Antes de o xerife se conseguir endireitar, já tinham fugido os três.

— Não te mexas! — gritou ele para Jackson.

— Não me estou a mexer, xerife.

Quando o xerife conseguiu finalmente pôr-se de pé, levantou Jackson com um repelão e prendeu-lhe os pulsos com as algemas.

— A tentarem fazer de mim parvo! Vais apanhar dez anos por isto.

A cara de Jackson ficou de um cinzento carregado.

— Não fiz nada, xerife. Juro por Deus.

Jackson tinha frequentado uma escola de negros no Sul, mas sempre que se exaltava ou que se assustava começava a falar no seu dialeto indígena.

— Senta-te e cala-te — ordenou o xerife.

Desligou o gás e começou a apanhar os tubos de cartão para servirem de prova. Abriu um, tirando lá de dentro uma nota de cem dólares novinha em folha, que segurou contra a luz.

— Feita com uma de dez. Ainda se veem as marcas.

Jackson começara a sentar-se, mas parou subitamente para se justificar.

— Não fui eu que fiz isso, xerife. Juro por Deus. Foram os dois tipos que fugiram. A única coisa que eu fiz foi vir à cozinha beber água.

— Não me mintas, Jackson. Já te conheço. Tenho provas contra ti, homem. Vocês são falsificadores. Há dias que ando com os três debaixo de olho.

Os olhos de Jackson encheram-se de lágrimas, de tal forma estava assustado.

— Oiça, xerife, juro por Deus que não tenho nada que ver com isso. Nem sequer sei como é que isso se faz. O homenzinho pequeno que fugiu, o Hank, é que é o falsificador. É ele que tem o papel.

— Não te preocupes com eles, Jackson. Também os hei de apanhar. Mas já te apanhei a ti, e vou levar-te para a sede da polícia federal. Por isso estou a avisar-te, tudo o que disseres pode ser usado contra ti em tribunal.

Jackson deixou-se escorregar da cadeira e pôs-se de joelhos.

— Deixe-me ir só desta vez, xerife — as lágrimas começaram a correr-lhe pela cara abaixo. — Só desta vez, xerife. Nunca fui preso. Sou um homem religioso, e não sou desonesto. Confesso: fui eu que dei o dinheiro ao Hank para falsificá-lo, mas ele é que estava a violar a lei, não eu. Só fiz o que qualquer pessoa faria se quisesse ganhar bom dinheiro.

— Levanta-te, Jackson, e aguenta as consequências como um homem — disse-lhe o xerife. — Tens tanta culpa como os outros. Se não tivesses arranjado as notas de dez, o Hank não as podia transformar em notas de cem.

Jackson viu-se a cumprir uma pena de dez anos na prisão. Dez anos longe de Imabelle. Jackson só tinha Imabelle há onze meses, mas não conseguia viver sem ela. Tencionava casar-se assim que ela conseguisse o divórcio daquele homem do Sul com quem estava ainda casada. Se fosse para a prisão durante dez anos, ela acabava por arranjar outro homem e nunca mais se lembraria dele. Quando saísse da prisão, estaria velho, já com trinta e oito anos, seco. Ninguém lhe daria emprego. Nenhuma mulher o quereria. Tornar-se-ia um vadio, esfomeado, magrizela, a pedir pelas ruas do Harlem, a dormir nas ombreiras das portas, a beber álcool desnaturado para se aquecer. Não fora para isso que a sua mãe o tinha criado, não fora para isso que ela se tinha esforçado para o mandar para uma escola de negros, só para ele se tornar um marginal. Não podia de maneira nenhuma deixar que o xerife o levasse.

Agarrou o xerife pelas pernas.

— Tenha compaixão dum pobre pecador, homem. Eu sei que andei mal, mas não sou um criminoso. Deixei-me convencer. A minha miúda queria um casaco novo para o Inverno, queremos arranjar uma casa nossa, talvez comprar um carro. Só cedi à tentação. Você é de cor como eu, devia compreender. Onde é que nós, os negros, desgraçados como somos, vamos arranjar dinheiro?

O xerife levantou Jackson de um repelão.

— Que raio. Domina-te, homem! Vai beber um copo de água. Até parece que pensas que eu sou Jesus Cristo.

Jackson dirigiu-se para o lava-loiça e bebeu um copo de água. Chorava como um bebé.

— Podia ter um pouco de compaixão — disse ele. — Só um bocadinho daquela compaixão própria da natureza humana. Já perdi o dinheiro todo que tinha neste negócio. Isso não será castigo suficiente? Também é preciso ir para a prisão?

— Jackson, não és o primeiro homem que eu prendo por ter cometido um crime. E se eu deixasse toda a gente escapar? O que é que me acontecia? Ficava sem emprego. Teso e esfomeado. Não tardava que começasse a viver à margem da lei e que me tornasse também um criminoso.

Jackson olhou para a cara castanha e dura do xerife, para os seus olhos maldosos, sujos. Sabia que não havia compaixão nenhuma naquele homem. Assim que um negro se punha do lado da lei, perdia toda a caridade cristã, estava ele a pensar.

— Xerife, pago-lhe duzentos dólares se me deixar ir embora — ofereceu.

O xerife olhou para a cara molhada de Jackson.

— Jackson, eu não devia fazer isto. Mas estou a ver que és um homem honesto, desviado do bom caminho por uma mulher. E como és um homem de cor, como eu, desta vez deixo-te ir embora. Dá-me os duzentos dólares e és um homem livre.

A única maneira que Jackson tinha de deitar a mão a duzentos dólares era roubá-los ao seu patrão. O Sr. Clay guardava sempre duzentos ou trezentos dólares no cofre. Não havia nada que Jackson detestasse mais do que ter de roubar o Sr. Clay. Jackson nunca roubara dinheiro na vida. Era um homem honesto. Mas não tinha outra maneira de sair daquele buraco.

— Não os tenho aqui comigo. Tenho-os na agência funerária onde trabalho.

— Bem, sendo assim, levo-te lá no meu carro, Jackson. Mas tens de me dar a tua palavra de honra de que não tentas fugir.

— Eu não sou nenhum criminoso — protestou Jackson. — Não vou tentar fugir, juro por Deus. Só vou lá dentro buscar o dinheiro e depois entrego-lho.

O xerife abriu as algemas de Jackson e fez-lhe sinal para que saísse à sua frente. Desceram os quatro lanços de escada e saíram na Oitava Avenida, para onde dava a entrada do prédio.

O xerife fez um gesto indicando o Ford preto, um bocado velho.

— Como vês, também sou um homem pobre, Jackson.

— Pois é, xerife, mas não é tão pobre quanto eu, porque não só não tenho nada, como tenho menos que nada.

— Tarde demais para chorar, Jackson.

Entraram no carro, dirigiram-se para Sul pela Rua 134, depois para Leste até à esquina da Lenox Avenue, e estacionaram à frente da Agência Funerária H. Exodus Clay.

Jackson saiu do carro e subiu silenciosamente os degraus forrados de oleado vermelho das escadas de pedra altas; entrou pelas portas envidraçadas, com cortinados, da velha casa de pedra, e espreitou para dentro da capela sombria onde estavam expostos três corpos nos seus caixões abertos.

Smitty, o outro motorista e empregado para todo o serviço, beijava silenciosamente uma mulher que estava sentada num dos bancos estofados de veludo vermelho semelhantes àqueles em que estavam poisados os caixões. Não ouvira Jackson entrar.

Jackson passou por eles silenciosamente, em bicos dos pés, e desceu o corredor em direção ao armário das limpezas. Pegou num espanador e num pano de pó e voltou em bicos dos pés para o escritório que ficava na parte da frente.

A essa hora da tarde, quando não tinham um funeral, o Sr. Clay costumava dormir uma sesta no divã do seu escritório. Marcus, o embalsamador, era quem ficava de serviço. Mas Marcus dava sempre uma escapadela até ao bar de Small, que ficava na esquina entre a Rua 135 e a Sétima Avenida.

Silenciosamente, Jackson abriu a porta do escritório do Sr. Clay, entrou em bicos dos pés, encostou o espanador a uma parede e começou a limpar o pó do cofre preto pequeno que ficava a um canto ao lado de uma secretária antiquada com tampo de correr. A porta do cofre estava fechada, mas não à chave.

O Sr. Clay estava deitado de lado, voltado para a parede. Parecia uma relíquia de museu, sob a luz fraca do candeeiro de pé que estava permanentemente aceso na janela da frente.

Era um homem pequeno, de idade, com pele que parecia pergaminho, olhos castanhos baços e cabelo grisalho comprido e farto. O seu traje habitual era uma casaca, um colete cinzento cruzado à frente, calças listradas, um colarinho engomado, um plastrão preto adornado com um alfinete de gravata com uma pérola cinzenta e umas lunetas sem aros atadas a uma fita preta comprida presa ao colete com um alfinete.

— És tu, Marcus? — perguntou ele subitamente sem se voltar.

Jackson teve um sobressalto.

— Não, Sr. Clay, sou eu, o Jackson.

— O que é que estás aqui a fazer a esta hora, Jackson?

— Estou só a limpar o pó, Sr. Clay — disse Jackson, abrindo cautelosamente a porta do cofre.

— Pensei que tinhas a tarde de folga.

— Tinha, sim. Mas lembrei-me de que a família do Sr. Williams vinha cá esta noite para ver os restos mortais do Sr. Williams, e sabia que o senhor havia de querer tudo a brilhar quando cá chegassem.

— Não te canses, Jackson — disse o Sr. Clay, sonolento. — Não tenho intenção de te dar um aumento.

Jackson obrigou-se a soltar uma gargalhada.

— Ora, o senhor está só a brincar, Sr. Clay. De qualquer maneira, a minha mulher não está em casa. Foi fazer uma visita.

Enquanto falava, Jackson abriu a porta interior do cofre.

— Bem me parecia que o problema era esse — murmurou o Sr. Clay.

Na gaveta do dinheiro havia uma pilha de notas de vinte dólares, em maços de cem dólares.

— Ah, ah, o senhor está só a brincar, Sr. Clay — disse Jackson, tirando cinco maços e enfiando-os nos bolsos das calças.

Bateu com a pega do espanador ao fechar as duas portas do cofre.

— Meu Deus, tens de me perdoar nesta emergência — disse ele silenciosamente. E depois, falando em voz alta. — Agora tenho de ir limpar as escadas.

O Sr. Clay não respondeu.

Jackson voltou em bicos dos pés até ao armário das limpezas, arrumou o pano e o espanador, e voltou silenciosamente para a porta da entrada. Smitty e a mulher continuavam a gozar os prazeres da vida.

Jackson saiu silenciosamente e desceu as escadas, dirigindo-se para o carro do xerife. Pegou em dois maços de cem dólares escondendo--os com a palma da mão e entregou-os disfarçadamente ao xerife através da janela aberta do carro.

O xerife escondeu-os entre as pernas enquanto os contava. Depois acenou afirmativamente com a cabeça e enfiou-os no bolso interior do casaco.

— Que isto te sirva de lição, Jackson — disse. — O crime não compensa.

— Capítulo 2 —

Assim que o xerife se começou a afastar, Jackson desatou a correr. Sabia que o Sr. Clay ia contar o dinheiro assim que acordasse. Não porque suspeitasse de que alguém o fosse roubar. Havia sempre alguém de serviço. Era só um hábito. O Sr. Clay contava o dinheiro antes de ir dormir e depois de acordar, quando abria o cofre e quando o fechava. Se não tivesse muito que fazer, chegava a contá-lo quinze a vinte vezes por dia.

Jackson sabia que o Sr. Clay começaria por interrogar os empregados quando desse pela falta dos quinhentos dólares. Não chamaria a polícia até ter a certeza de quem lhe tinha roubado o dinheiro. Isto porque o Sr. Clay acreditava em fantasmas. Sabia perfeitamente que se alguma vez os fantasmas começassem a ir buscar o dinheiro que ele tinha roubado aos parentes deles, estaria a caminho da falência.

Jackson sabia que em seguida o Sr. Clay iria ao seu quarto procurá-lo.

Não tinha tempo a perder, mas não estava em pânico. Se o Senhor lhe desse tempo suficiente para ele encontrar o Hank e conseguir que ele transformasse os trezentos dólares em três mil, talvez conseguisse devolver o dinheiro antes de o Sr. Clay começar a desconfiar dele.

Mas primeiro precisava de trocar as notas de vinte por notas de dez. Hank não podia transformar as notas de vinte porque notas de duzentos dólares era coisa que não existia.

Desceu a Sétima Avenida a correr e entrou no bar de Small. Marcus viu-o. Não queria que Marcus o visse a trocar o dinheiro. Entrou por uma porta e saiu pela outra, subindo a rua a correr em direção ao Red Rooster. Aí só tinham dezasseis notas de dez na caixa. Jackson pegou nelas e dirigiu-se para a saída. Um cliente interpelou-o e trocou-lhe o resto.

Jackson saiu para a Sétima Avenida e correu a Rua 142 em direção a casa. Ao seguir às escorregadelas e aos tropeções pelos passeios gelados, ocorreu-lhe que não sabia onde procurar Hank. Imabelle tinha conhecido Jodie no apartamento da irmã no Bronx.

A irmã de Imabelle, Margie, tinha dito a Imabelle que Jodie conhecia um homem que sabia fazer dinheiro. Imabelle levara Jodie para falar com Jackson sobre o assunto. Quando Jackson dissera que estava disposto a experimentar, fora Jodie quem entrara em contacto com Hank.

Jackson tinha a certeza de que Imabelle saberia onde encontrar Jodie, se não mesmo Hank. O único problema era ele não saber onde encontrar Imabelle.

Parou do outro lado da rua e olhou para a janela da cozinha para ver se a luz estaria acesa. Estava às escuras. Tentou lembrar-se se teria sido ele próprio ou o xerife que tinham apagado a luz. De qualquer maneira, não fazia diferença. Se a senhoria já tivesse voltado do trabalho, estaria decerto na cozinha a fazer um escabeche dos diabos.

Jackson deu a volta até à entrada do prédio e subiu os quatro lanços de escada. Escutou à porta do apartamento. Não havia som nenhum lá dentro. Abriu a porta e entrou silenciosamente. Não ouviu ninguém. Foi em bicos dos pés até ao seu quarto e fechou-se lá dentro. Imabelle não tinha voltado.

Não estava preocupado com ela. Imabelle sabia cuidar de si. Mas o tempo começava a apertar.

Enquanto tentava decidir se havia de esperar ali ou sair para a ir procurar, ouviu alguém a abrir a porta da entrada. A pessoa entrou para o *hall* e fechou a porta dando a volta à chave. Ouviu passos aproximarem-se. A primeira porta do corredor abriu-se.

— Claude — chamou uma voz irritada de mulher.

Ninguém respondeu. Os passos atravessaram o corredor. A porta do outro lado abriu-se.

— Sr. Canefield.

A senhoria estava a fazer a chamada.

— Uma mulher má como o diabo — resmungou Jackson. — Deus deve tê-la feito por engano.

Ouviram-se mais passos. Jackson enfiou-se depressa debaixo da cama, sem tirar o sobretudo nem o chapéu. Ouviu a porta a abrir-se.

— Jackson.

Jackson sentiu que ela estava a examinar o quarto. Ouviu-a tentar abrir a grande mala de viagem de Imabelle.

— Têm sempre esta mala fechada — resmungou para si mesma. — Ele e aquela mulher. A viver em pecado. E diz ele que é cristão. Se Cristo soubesse o tipo de cristãos que aqui tem no Harlem, subia outra vez para a cruz e recomeçava tudo.

Jackson ouviu-a dirigir-se para a cozinha. Saiu de debaixo da cama e levantou-se.

— Santo Deus! — ouviu-a exclamar. — Rebentaram-me o meu fogão novinho em folha.

Jackson abriu bruscamente a porta do quarto e correu pelo corredor. Saiu pela porta da frente antes de ela o ter visto. Subiu as escadas em vez de as descer, galgando dois degraus de cada vez. Mal tinha virado no patamar quando ouviu a senhoria sair a correr atrás dele.

— Quem é que anda aí? Seu malandro! — gritou. — É você, Jackson, ou o Claude? Quem é que rebentou o meu fogão?

Jackson chegou ao topo e correu para o prédio do lado, de telhado em telhado, passando por uma gaiola de pombos, e viu que a porta que dava para as escadas não estava trancada. Desceu as escadas como uma bola a saltar, mas parou ao chegar à entrada do prédio para estudar o terreno.

A senhoria espreitava da porta da entrada do outro prédio. Encolheu a cabeça antes de ela o ver e observou o passeio de esguelha.

Viu o Cadillac do Sr. Clay virar a esquina e parar junto ao passeio. Smitty, o outro motorista, vinha a guiar. O Sr. Clay saiu do carro e entrou no prédio.

Jackson sabia que andavam à sua procura. Voltou-se, e a correr atravessou o átrio saindo pela porta das traseiras. Havia um pequeno pátio cimentado cheio de caixotes de lixo e porcarias, cercado por muros altos de betão. Encostou um caixote cheio de lixo à parede e trepou para o outro lado, arrancando o botão do meio do sobretudo. Foi dar ao pátio das traseiras do prédio que dava para a Rua 142. Atravessou o átrio e desceu a Sétima Avenida.

Viu um táxi vazio a vir na sua direção. Acenou-lhe. Teria de trocar uma das notas de dez dólares e isso ia custar-lhe cem, mas não havia nada a fazer. Tinha de se despachar.

O táxi era conduzido por um rapaz negro. Jackson deu-lhe a morada da irmã de Imabelle no Bronx. O rapaz fez inversão de marcha na rua gelada, como se gostasse de patinar, e arrancou que nem um louco.

— Tenho pressa — disse Jackson.

— Estou-me a despachar, não estou? — disse o rapaz por cima do ombro.

— Mas não estou com pressa de chegar ao céu.

— Não vamos para o céu.

— É disso que tenho medo.

O rapaz não estava a pensar em Jackson. A velocidade dava-lhe poder e fazia-o sentir-se um autêntico Joe Louis. Tinha os braços compridos à volta do volante, carregava no acelerador a fundo, com o seu pé grande, e estava a pensar que era capaz de fazer voar a trampa do DeSoto.

Margie vivia num apartamento da Franklin Avenue. Era a direito, uma viagem de trinta minutos, mas o rapaz negro fê-la em dezoito, com Jackson a roer as unhas o caminho todo.

O marido de Margie ainda não tinha chegado do trabalho. Ela era parecida com Imabelle, mas tinha um ar mais respeitável. Estava a desfrisar o cabelo quando Jackson chegou, ficando com um ar danado por estarem a incomodá-la. A casa cheirava a porco chamuscado.

— A Imabelle está cá? — perguntou Jackson, limpando o suor da cabeça e da cara e puxando para baixo o gancho das calças.

— Não, não está. Porque é que não telefonaste?

— Não sabia que tinham cá telefone. Desde quando é que o têm?

— Desde ontem.

— Não te vejo desde ontem.

— Não, não me vês desde ontem, pois não? — Margie voltou para a cozinha, onde tinha os ferros do cabelo a aquecer no fogão. Jackson seguiu-a, sem tirar o sobretudo.

— Sabes onde é que ela poderá estar?

— Sei onde é que quem poderá estar?

— A Imabelle.

— Ah, ela? Como é que eu hei de saber se tu não sabes? Tu é que a tens por tua conta.

— E sabes onde é que eu posso encontrar o Jodie?

— O Jodie? E quem é que é o Jodie?

— Não sei qual é o último nome dele. Foi quem te falou a ti e à Imabelle acerca do homem que sabe falsificar dinheiro.

— Falsificar dinheiro para quê?

Jackson começava a ficar irritado.

— Para gastar, para o que é que havia de ser? Transforma notas de um dólar em notas de dez, e notas de dez em notas de cem.

Ela voltou-se do fogão e olhou para Jackson.

— Estás grosso? Se estás, quero que saias daqui e que não voltes antes de teres curado a bebedeira.

— Não estou grosso. Parece que tu estás mais grossa do que eu. Foi cá em casa que ela conheceu o homem.

— Cá em casa? Um homem que transforma notas de dez dólares em notas de cem? Se não estás grosso, estás maluco. Se eu tivesse conhecido esse homem, ele ainda cá estava, preso ao chão com correntes, a trabalhar que nem um mouro todos os dias.

— Não estou em maré de brincadeiras.

— E achas que eu estou a brincar?

— Estou a falar do outro... do Jodie. O que conhecia o homem que falsifica o dinheiro.

Margie pegou no ferro de desfrisar e começou a passá-lo pelo cabelo encarapinhado, encarniçado. As madeixas, quase assadas, fumegavam e ouviu-se um ruído que pareciam costeletas a fritar.

— Raios te partam, fizeste-me queimar o cabelo! — disse ela, furiosa.

— Desculpa, mas isto é importante.

— Queres dizer que o meu cabelo não é importante?

— Não, não é isso que quero dizer. O que quero dizer é que preciso de a encontrar.

Ela brandiu o ferro de desfrisar como se fosse uma moca.

— Jackson, não te importas de te ires embora daqui e deixares-me sozinha? Se a Ima te disse que tinha conhecido um homem chamado Jodie em minha casa, está a mentir. E se ainda não sabes que ela é uma cabra e uma mentirosa, és um parvo.

— Isso não é maneira de falares da tua irmã. Não te agradeço isso nem um bocadinho.

— E quem é que te pediu para me vires chatear? — berrou ela.

Jackson enfiou o chapéu na cabeça e saiu todo enxofrado. Começava a sentir-se num aparato e à beira do pânico. Tinha de conseguir que lhe transformassem o dinheiro antes da manhã seguinte senão ia parar à prisão. E não sabia em que outro sítio poderia procurar Imabelle. Tinha-a conhecido no Baile Anual dos Agentes Funerários no Savoy Ballroom, no ano anterior. Ela andava a trabalhar a dias para os brancos na cidade e não tinha namorado. Jackson começara a sair com ela, mas isso tornara-se tão dispendioso que ela fora viver com ele.

Não tinham amigos íntimos. Não havia sítio nenhum onde ela se pudesse esconder. Ela não gostava de grandes intimidades com as pessoas e não queria que ninguém soubesse muita coisa a seu respeito. Ele próprio pouco sabia a seu respeito. A não ser que ela era de um sítio qualquer do Sul.

Mas era capaz de apostar o que fosse preciso em como ela lhe era fiel. O único problema era ela ter medo de uma coisa qualquer e ele não sabia o que era. Era isso que o preocupava. Talvez ela tivesse ficado com tanto medo do xerife que desapareceria durante dois ou três dias. Podia telefonar aos patrões brancos dela no dia seguinte a saber se ela teria ido trabalhar. Mas nessa altura seria demasiado tarde. Precisava dela imediatamente para que contactasse o Hank e lhe transformasse o dinheiro, senão estariam os dois metidos num sarilho.

Parou num supermercado e telefonou para a senhoria. Mas pôs o lenço no bocal para disfarçar a voz.

— A Imabelle Jackson está, minha senhora?

—Sei que é você, Jackson. Não pense que me engana — berrou a senhoria ao telefone.

— Ninguém a está a tentar enganar, minha senhora. Só perguntei se a Imabelle Jackson estava aí.

— Não, não está, Jackson, e se estivesse já estava na prisão, que é para onde você vai assim que a polícia o apanhar. A rebentar o meu fogão novinho em folha e a sujar a minha casa toda e a roubar dinheiro do seu patrão que estava posto de parte para enterrar os mortos, e sabe lá Deus que mais, a tentar fingir que é outra pessoa quando telefona para cá, convencido de que eu não lhe reconheceria a voz, como as vezes todas que eu já o ouvi pedir-me para o deixar pagar só na semana seguinte. A trazer aquela mulata para minha casa e a partir tudo, boa como eu tenho sido para si.

— Não estou a tentar disfarçar a minha voz. É que estou metido num sarilho.

— A quem o diz! O sarilho é muito maior do que pensava.

— Eu pago o fogão.

— Se não pagar, meto-o na cadeia.

— Não se preocupe com isso. Pago-lhe amanhã, logo de manhã.

— Amanhã vou trabalhar.

— Pago-lhe assim que chegar do emprego.

— Se não estiver na cadeia por essa altura. O que é que você roubou ao Sr. Clay?

— Não roubei nada a ninguém. O que eu lhe queria pedir é que se a Imabelle for aí a casa, diga-lhe para entrar em contacto com o Hank...

— Se ela cá vier esta noite, ou ela ou você, e não me trouxerem cento e cinquenta e sete dólares e noventa e cinco cêntimos para pagar o fogão, não vai ter possibilidade de entrar em contacto com ninguém, a não ser com o juiz com quem há de ter uma conversa amanhã de manhã.

— E diz a senhora que é cristã — disse Jackson, zangado. — Nós metidos num sarilho e...

— Quem é que é pior cristão do que você? — gritou ela. — Um ladrão e um mentiroso! A viver em pecado! A rebentar o meu fogão! A roubar dos mortos! Deus nem sequer sabe quem você é, é o que eu lhe digo!

Atirou com o auscultador com tanta força que Jackson ficou com os ouvidos a zunir.

Saiu da cabina, limpando o suor da cabeça e da cara redonda, negra e brilhante.

— E diz ela que é cristã — resmungou para si. — Se tivesse dois chifres, não era mais demónio do que é.

Ficou à esquina sem o chapéu, deixando refrescar a cabeça. A única coisa que lhe restava era rezar. Acenou a um táxi e dirigiu-se para casa do seu pastor, na Rua 139 em Sugar Hill.

O Reverendo Gaines era um negro grande com uma voz potente, e um homem profundamente religioso. Acreditava num inferno de fogo e enxofre e não tinha qualquer compaixão pelos pecadores que não conseguia converter. Se não queriam mudar de vida, aceitar o Senhor, unir-se à Igreja e viver na retidão, então que ardessem no inferno. E mais nada. Um homem não podia ser cristão ao domingo e pecar nos outros seis dias da semana. Um homem assim devia pensar que Deus era parvo.

Estava a escrever o seu sermão quando Jackson chegou. Mas pô-lo de lado ao ver chegar um bom elemento da sua igreja.

— Seja bem-vindo, irmão Jackson. O que é que o traz a casa do pastor do Senhor?

— Estou metido num sarilho, reverendo.

O Reverendo Gaines passou os dedos pela lapela de cetim do seu casaco azul de flanela de trazer por casa. O brilhante no seu dedo médio brilhou sob a luz.

— Uma mulher? — perguntou ele com brandura.

— Não, reverendo. A minha mulher é fiel. Vamo-nos casar assim que ela estiver divorciada.

— Não espere muito, meu irmão. O adultério é um pecado mortal.

— Não podemos fazer nada enquanto ela não encontrar o marido.

— É dinheiro?

— É, sim.

— Roubou dinheiro a alguém, irmão Jackson?

— Não foi bem isso. É só que preciso urgentemente de algum dinheiro. Se não vai parecer que roubei.

— Ah, sim, compreendo — disse o Reverendo Gaines. — Oremos, Jackson.

— Sim, reverendo, é isso que quero.

Ajoelharam-se lado a lado no chão atapetado. O Reverendo Gaines conduziu as orações.

— Senhor, ajuda este irmão nosso a vencer as suas dificuldades.

— Ámen — disse Jackson.

— Ajuda-o a arranjar honestamente o dinheiro de que precisa.

— Ámen.

— Ajuda a mulher dele a encontrar o marido para ela poder obter o divórcio e viver na retidão.

— Ámen.

— Abençoa todos os pobres pecadores do Harlem com todas estas dificuldades com mulheres e dinheiro.

— Ámen.

A governanta do Reverendo Gaines bateu à porta e espreitou.

— O jantar está pronto, reverendo — anunciou. — A Sr.ª Gaines já está sentada à mesa.

O Reverendo Gaines disse:

— Ámen.

A única coisa que Jackson pôde fazer foi repetir:

— Ámen.

— O Senhor ajuda aqueles que se ajudam a si mesmos, irmão Jackson — disse o Reverendo Gaines saindo apressadamente para jantar.

Jackson sentia-se muito melhor. O pânico passara e começou a pensar com a cabeça em vez de pensar com os pés. O mais importante era ter o Senhor do seu lado. Começara a pensar que o Senhor o abandonara.

Apanhou um táxi na Sétima Avenida, dirigiu-se para a Rua 125 e foi até à Last Word, uma engraxadoria onde se vendiam discos que ficava à esquina da Oitava Avenida.

Apostou noventa dólares em números no estaminé, pondo cinco dólares em cada. Escolheu o *money row*, *lucky lady*, *happy days*, *true love*, *sun gonna shine*, *gold*, *silver*, *diamonds*, *dollars* e *whiskey*. Depois, para jogar pelo seguro, apostou também na *jail house*, *death row*, *lady come back*, *two-timing woman*, *pile of rocks*, *dark days* e *trouble*.[1] Não estava disposto a correr riscos.

Enquanto escolhia os números por trás de cartazes de Bach e Beethoven, a rapariga que vendia música a sério tocava discos de *rock and roll* a pedido, e os engraxadores batiam compasso com os panos de puxar o lustro. Os pés de Jackson começaram também a acompanhar o compasso, traçando passos de dança, como se não fizessem ideia do tormento que lhe ia na cabeça.

De súbito, Jackson sentiu que estava com sorte. Desistiu de procurar Hank. Deixou de se preocupar com Imabelle. Teve a sensação de que, se jogasse aos dados, iria ganhar.

— Sabe uma coisa, homem? Sinto-me muito bem — disse ao engraxador.

— Quando um tipo se sente bem, é sinal de morte, pá — disse o engraxador.

Jackson decidiu confiar no Senhor e dirigiu-se para a casa de jogo que ficava ao virar da esquina, na Rua 126.

---

[1] Cada expressão corresponde a um número. As primeiras, «rua das massas», «felizarda», «dias felizes», «amor verdadeiro», «o sol vai brilhar», «ouro», «prata», «diamantes», «dólares» e «*whiskey*», são expressões de conotações positivas, correspondendo possivelmente a números pares; as outras, «prisão», «ala dos condenados», «mulher, volta para mim», «mulher traiçoeira», «monte de pedras», «dias sombrios» e «sarilho», são expressões de conotações negativas, correspondendo possivelmente a números ímpares. [*N. da T.*]

— Capítulo 3 —

Jackson subiu os três lanços de escada e bateu a uma porta vermelha de um patamar bem iluminado.

Um disco de metal moveu-se deixando aberto um postigo redondo. Jackson não via ninguém, mas o vigia via-o.

A porta abriu-se. Jackson entrou para uma cozinha de aspecto normal.

— Queres jogar ou só ver? — perguntou o vigia.

— Jogar — disse Jackson.

O vigia revistou-o, tirou-lhe o canivete e pô-lo numa prateleira da despensa ao pé de várias facas mortíferas e pistolas de grande calibre.

— Como é que eu poderia fazer mal a alguém com isso? — protestou Jackson.

— Podes arrancar-lhes os olhos.

— A lâmina nem é suficientemente comprida para atravessar uma pálpebra.

— Não discutas, homem. É na última porta do lado direito — disse o vigia, encostando-se à ombreira da porta.

Havia pregos soltos na ombreira da porta. Carregando neles, o vigia podia acender e apagar as luzes da sala, dos quartos e da sala de jogo. Se carregasse uma vez, era um cliente novo, duas vezes era a polícia.

Um outro vigia abriu a porta da sala de jogo por dentro, fechando-a outra vez à chave depois de Jackson entrar.

No meio da sala havia uma mesa de bilhar, e numa das paredes um suporte para as bolas e os tacos. Os jogadores estavam apinhados à volta da mesa sob a luz forte de um candeeiro com um *abat-jour* verde suspenso do teto. O *croupier* estava de um dos lados da mesa, ocupando-se dos dados e das apostas. O banqueiro estava sentado num banco alto do outro lado da mesa, trocando notas em moedas de dólar e recolhendo as percentagens da casa. Recebia 25 cêntimos por todas as apostas até cinco dólares, e cinquenta cêntimos pelas apostas superiores a cinco dólares.

Os corretores estavam sentados em cada um dos extremos da mesa. Um homem escuro, atarracado e careca chamado Pilha de Dólares estava sentado num dos extremos; no outro, estava um branco grisalho chamado Abie, o Judeu. O Pilha de Dólares apostou que o jogador ia perder, e aceitou todas as apostas contrárias. Abie, o Judeu, apostou que o jogador ia perder ou ganhar, recusando apostas em dois ases e em duas senas.

Era o principal jogo de *craps* do Harlem e funcionava a qualquer hora.

Jackson conhecia de vista todos os jogadores famosos. Eram celebridades no Harlem. O Cavalo Vermelho, o Quatro-Quatro e o Pateta eram jogadores profissionais; o Vinho Doce, o Caramelo, o Moedas e o Belezas eram chulos; Doc Henderson era dentista; e Mister Foot era banqueiro dos números.

Estava a jogar o Cavalo Vermelho. Agitou os dados levemente na mão esquerda, atirando-os com a direita. Os dados rolaram suavemente sobre o pano verde, saltaram por cima da corrente esticada a meio da mesa como dois cavalos a par numa corrida de obstáculos, e pararam no quatro e no três.

— Quadra e terno, vai para o inferno — entoou o *croupier*, recolhendo os dados. — Sete! Perdeu!

O Caramelo pegou no dinheiro do monte. O Pilha de Dólares recolheu as suas apostas. Abie recebeu algum e pagou outro tanto.

— Vais passar? — perguntou o *croupier*.

O Cavalo Vermelho abanou a cabeça. Podia pagar um dólar por mais três lances.

— O jogador que se segue — entoou o *croupier* olhando para Jackson. — O que é que jogas, baixote?

— Dez dólares.

Jackson atirou uma nota de dez dólares e uma moeda de cinco cêntimos para dentro do círculo. O Cavalo Vermelho cobriu a aposta. Os apostadores registaram as apostas nos livros. O *croupier* atirou os dados para Jackson, que os apanhou segurando-os na mão junto à boca e falando com eles.

— Se me safarem da alhada em que estou metido, não vos peço mais nada — depois benzeu-se e agitou os dados para os aquecer.

— Atira-os, compadre — disse o *croupier.* — Não são mamas e não és bebé nenhum. Deixa-os comer à solta pelo curral.

Jackson atirou-os. Os dados saltaram pelo pano fora como coelhos assustados, saltaram por cima da corrente como cangurus a brindar, galoparam em direção à zona em que Abie marcava as suas apostas, como cavalos enlouquecidos, cansaram-se e pararam no seis e no cinco.

— Onze natural![2] — entoou o *croupier.* — Onze do céu! Venceu!

Jackson deixou ficar o seu dinheiro, jogou outra vez apostando os vinte dólares, ganhou, e depois perdeu os quarenta dólares com dois ases. Apostou mais dez, deitou um sete, deixou ficar os vinte, atirou outro sete, apostou os quarenta e voltou a perder. Estava a perder vinte dólares. Limpou o suor da cara e da cabeça, tirou o sobretudo, foi pendurá-lo no cabide com o chapéu, desabotoou o casaco do seu fato preto bem engomado e disse aos dados:

— Por favor, dados — implorou-lhes com os olhos cheios de lágrimas grandes como melões.

---

[2] O *craps* joga-se em cima de um pano verde com marcações em que se colocam as várias apostas. Ao serem atirados, os dados têm de passar por cima de uma corrente esticada ao longo da mesa. Um 7 ou um 11 ao primeiro lance diz-se «natural» e o jogador ganha. Um 2, 3 ou 12 ao primeiro lance, ou um 7 depois do primeiro lance, chamam-se *craps*, e o jogador perde. [*N. da T.*]

Apostou mais dez dólares, perdeu três vezes seguidas, e pediu ao *croupier* para trocar de dados.

— Estes não me conhecem — disse.

O *croupier* deu-lhe outros dados, que estavam gelados. Jackson aqueceu-os na virilha, e ganhou quatro vezes seguidas. Tinha oitenta dólares no monte. Guardou os cinquenta dólares que tinha perdido e jogou os outros trinta. Deitou um quatro, o que lhe deu o dobro, guardou mais cinquenta dólares e apostou os outros dez.

— Um homem forreta não pode jogar, um homem assustado não pode ganhar — disse o *croupier* a cantar.

Os outros jogadores modificaram as apostas em como Jackson ia perder. Jackson deitou um seis e depois perdeu com um sete.

— O jogador que se segue — entoou o *croupier.* — Quanto mais se aposta, mais se ganha.

Os dados passaram para o jogador seguinte.

À meia-noite, Jackson estava a ganhar cento e oitenta dólares. Tinha 376 dólares, mas precisava de mais 657 dólares e 95 cêntimos para cobrir os 500 que tinha roubado ao Sr. Clay e os 157 dólares e 95 cêntimos de que precisava para pagar o fogão da senhoria.

Abandonou a sala de jogo e foi até à *Last Word* ver se tinha ganhado nos números. O número que saíra essa noite fora o 919, *dead man's row.*[3]

Por isso Jackson voltou para o jogo dos dados.

Rezou aos dados, suplicou-lhes.

— Dói-me o coração como se me estivessem a apunhalar e a aflição que me enche o espírito é mais profunda que os oceanos e mais alta que as Montanhas Rochosas.

Tirou o casaco quando chegou a sua segunda vez de lançar os dados. Tinha a camisa molhada. As calças irritavam-lhe as virilhas. Desapertou os suspensórios quando chegou a terceira vez de jogar, deixando-os cair ao longo das pernas.

[3] «Cela do condenado». Ver nota da página 28. [*N. da T.*]

Jackson tirou mais setes e onzes naturais do que alguma vez se tinha visto naquele jogo. Mas também tirou mais *craps*, dois, três e dozes do que setes e onzes naturais. E como todos os bons jogadores de dados sabem, é a tirar *craps* que se perde.

O dia começava já a nascer quando o jogo acabou. Jackson estava arrumado, completamente liso. Pediu cinquenta cêntimos emprestados à banca e dirigiu-se com passos pesados para o *snack-bar* do Theresa Hotel. Pagou trinta cêntimos por uma chávena de café e dois *donuts*, e ficou de pé ao balcão.

Estava com um olhar vidrado. A sua pele preta estava de um cinzento pastoso. Sentia-se tão cansado como se tivesse estado a lavrar um terreno de pedras com uma parelha de mulas.

— Você parece exausto — disse o empregado do balcão.

— Sinto-me mais em baixo do que se estivesse no fundo do mar — confessou Jackson.

O empregado do balcão viu-o engolir sofregamente os *donuts* e o café.

— Devem-no ter limpado naquele jogo de *craps*.

— Foi isso mesmo — confessou.

— Bem me parecia. Diz-se que um homem rico não consegue dormir, e que não há comida que chegue para um homem que está liso.

Jackson olhou para o relógio na parede e viu que tinha de se despachar. O Sr. Clay costumava descer do seu quarto às nove horas em ponto. Jackson sabia que teria de lá estar com o dinheiro e de arranjar uma maneira qualquer de o voltar a meter no cofre antes de o Sr. Clay o abrir, para se conseguir safar.

Imabelle seria capaz de arranjar o dinheiro, mas a ideia de lho pedir não lhe agradava nada. Para isso, ela teria de fazer uma aldrabice qualquer. Mas o sarilho em que estavam metidos era coisa para levar a um ato desesperado.

Jackson entrou no átrio do hotel, na porta ao lado, e telefonou para o seu apartamento.

O átrio do Theresa Hotel estava vazio a essa hora, com exceção de alguns trabalhadores que tinham de entrar ao serviço às oito horas no centro da cidade, e que se dirigiam apressadamente para o restaurante do hotel para comer as suas papas de milho e o seu bacon.

Quem atendeu o telefone foi a senhoria.

— A Imabelle já chegou? — perguntou.

— A sua mulata está na prisão, que é onde você devia estar — respondeu ela com maldade.

— Na prisão? Porquê?

— Logo depois de você ter telefonado ontem à noite, esteve aqui com ela um xerife que a prendeu. Também andava à sua procura, Jackson, e se eu soubesse onde é que você estava tinha-lhe dito. Queria prender-vos aos dois por falsificação.

— Um xerife? E ele tinha-a presa? Como é que ele era?

— Ele disse que você o conhecia.

— O que é que ele fez à Imabelle?

— Levou-a para a prisão, foi o que foi. Confiscou-lhe a mala e levou-a para o caso de não o encontrar.

— A mala dela? — Jackson sentia-se tão desorientado que mal conseguia falar. — Confiscou-lhe a mala? E levou-a com ele?

— Sim, filho. E quando ele o encontrar a si…

— Santo Deus! Confiscou-lhe a mala? Como é que ele disse que se chamava?

— Não me faça mais perguntas, Jackson. Não vou meter-me num sarilho para o ajudar a fugir.

— A senhora não tem nem uma pontinha de caridade — disse ele, desligando devagar.

Encostou-se, desanimado, à parede da cabina telefónica. Tinha a sensação de ter sido apanhado por areias movediças. Cada vez que tentava libertar-se, só se enterrava mais.

Não conseguia perceber como é que o xerife tinha apanhado a mala de Imabelle. Como é que ele tinha descoberto o que lá estava dentro… A não ser que a tivesse obrigado a falar. E isso queria dizer que ela estava em apuros.

Aquilo que preocupava Jackson era não saber onde procurar o xerife. Não fazia ideia para onde o xerife poderia ter levado Imabelle.

Não acreditava que ele a tivesse levado para a prisão federal porque ele andava a ver se sacava o mais que podia. Nunca levaria a mala para a prisão se estivesse a contar que lhe dessem uma parte do ouro. Mas Jackson não fazia ideia por onde é que havia de começar a procurá-lo. E não sabia o que havia de fazer para salvar a mala de Imabelle, caso encontrasse o xerife.

Ficou no passeio deserto à frente do hotel, ia tentar pensar numa saída. Franzia o sobrolho com o esforço mental. Por fim, resmungou consigo mesmo:

— Não tenho alternativa.

Teria de ir falar com o seu irmão gémeo, Goldy, que conhecia toda a gente no Harlem.

Não sabia onde Goldy morava, por isso teria de esperar até ao meio-dia, hora a que Goldy costumava aparecer na rua. Mas tinha medo de ficar ali. O dinheiro que tinha não chegava para ir ao cinema, embora houvesse um no quarteirão que abria às oito da manhã. Mas à esquina da Rua 125 havia um prédio com uma série de consultórios médicos.

Subiu até ao segundo andar e sentou-se na sala de espera de um dos médicos. O médico ainda não tinha chegado, mas já havia quatro pacientes à espera. Depois de ele chegar, foi deixando os outros passar à sua frente, pondo-se sempre no fim da fila.

A rececionista olhava para ele de vez em quando. Por fim perguntou numa voz ríspida:

— O senhor está doente ou não?

Por essa altura já era quase meio-dia.

— Estava, mas agora já me sinto melhor — e pondo o chapéu na cabeça foi-se embora.

— Capítulo 4 —

A fachada envidraçada dos Armazéns Blumstein, cujas montras exibiam atraentes artigos de vestuário e acessórios domésticos para os moradores do Harlem, estendia-se desde as traseiras do Theresa Hotel até meio do quarteirão da Rua 125.

Uma Irmã de Caridade estava sentada num banco portátil num dos lados da entrada, agitando uma caixa de esmolas redonda a quem passava e sorrindo tristemente.

Vestia uma túnica preta comprida, semelhante à indumentária de uma freira, com uma touca branca engomada sob a qual se via uma franja de cabelo grisalho. Tinha ao peito uma grande cruz de ouro, presa com uma fita preta. A sua pele era macia, e tinha uma cara negra de querubim e dois dentes da frente de ouro que brilhavam quando ela sorria.

Ninguém lhe prestava grande atenção. Viam-se muitas Irmãs de Caridade negras em Manhattan. Pediam esmola nos grandes armazéns da baixa da cidade, na Quinta Avenida, nas estações dos comboios, em toda a Rua 42 e na Times Square. Eram poucas as pessoas que sabiam a que organização elas pertenciam. A maior parte dos moradores do Harlem pensava que elas eram freiras, tal como se viam também nas ruas rabis negros, de carapinha e barbas frisadas.

A Irmã de Caridade olhou para Jackson e murmurou numa voz piedosa:

— Uma esmola para o Senhor, meu irmão. Uma esmola para os pobres.

Jackson parou ao lado do banco dela e examinou as meias de nylon expostas na montra.

Um bêbedo de cor passou a cambalear, voltou-se e sorriu lubricamente para a Irmã de Caridade.

— A bênção, irmã. A sua bênção aqui para o velhote — disse numa voz entaramelada, fazendo-se engraçado.

— Não sabes que és um desgraçado, miserável pobre, cego e nu, disse o Senhor — citou a irmã.

O bêbedo pestanejou e afastou-se apressadamente a cambalear.

Uma rapariguinha de cabelos entrançados aproximou-se da freira a correr e disse ofegante:

— Irmã Gabriel, a minha mãe quer dois bilhetes para o céu. O Tio Pone está a morrer.

Meteu duas notas de um dólar na mão da freira.

— Compra-me ouro provado no fogo, disse o Senhor — murmurou a freira, enfiando os dólares dentro da túnica. — Porque é que ela quer dois, filha?

— A minha mãe diz que o Tio Pone precisa de dois.

A freira enfiou uma mão negra nas dobras da túnica, tirou dois cartões brancos e deu-os à rapariguinha. Nos cartões estavam impressas as palavras:

ENTRADA PARA UMA PESSOA

Irmã Gabriel

— Isso há de levar o Tio Pone para junto do Senhor — prometeu ela. — *Depois vi o céu abrir-se e eis que aparece um cavalo branco.*

— Ámen — disse a rapariguinha, afastando-se a correr com os dois bilhetes para o céu.

— Que vergonha, Goldy. A blasfemar contra o Senhor dessa maneira — segredou Jackson. — A polícia ainda te apanha por andares a vender esses bilhetes.

— Não há lei nenhuma contra isso — respondeu Goldy, segredando também. — Só dizem «Entrada para uma pessoa». Não dizem onde. Até pode ser para o Savoy Ballroom.

— Há uma lei que proíbe os homens de se fazerem passar por mulheres — disse Jackson com aversão.

— Deixa lá a lei para a polícia, pá.

Aproximou-se um casal que ia entrar no armazém. Goldy agitou a caixa das esmolas.

— Dai ao Senhor, dai aos pobres — mendigou numa voz piedosa.

A mulher parou e meteu três cêntimos na caixa. O sorriso beatífico de Goldy azedou.

— Deus a abençoe, Deus a abençoe. Se três cêntimos é tudo o que o Senhor vale para si, então Deus a abençoe.

A pele escura da mulher ficou roxa. Tirou para fora uma moeda de dez cêntimos.

— Deus a abençoe. Dêmos graças ao Senhor — murmurou Goldy com indiferença.

A mulher entrou no armazém, mas estava a sentir os olhos do Senhor fixados em si e a ouvir os anjos no céu a murmurarem uns para os outros: «Mas que forreta!» Sentia-se demasiado envergonhada para comprar o vestido que tinha em vista e ficou infeliz o resto do dia.

— Preciso de falar contigo, Goldy — disse Jackson, olhando para as meias de nylon na montra.

Iam a passar duas adolescentes que o ouviram. Não faziam ideia de que ele estava a falar com a Irmã de Caridade e não havia mais ninguém ali ao pé. Começaram as duas a rir-se.

— Um tarado por meias — disse uma delas.

A outra respondeu:

— E ainda por cima chama-lhes Goldy.

Goldy sacudiu do colo pó imaginário, olhou mais uma vez para a cara de Jackson, depois levantou-se devagar, movendo-se como uma velha e dobrou o banco portátil.

— Fica atrás de mim — segredou. — Bem atrás.

Enfiou o banco debaixo de um braço, agitou a caixa das esmolas com o outro e começou a andar pesadamente pelo passeio lamacento abaixo em direção à Sétima Avenida, abençoando os negros que metiam moedas na caixinha. Parecia uma mulher negra devota cansada e gorda, que trabalhava que nem uma moira ao serviço do Senhor. Era uma figura conhecida. Ninguém olhava para ele mais de uma vez.

A Sétima Avenida e a Rua 125 são o centro do Harlem, a encruzilhada da América Negra. A uma esquina ficava o maior hotel da zona. Do outro lado, em diagonal, havia uma joalharia grande que vendia a crédito, com as montras cheias de brilhantes e relógios em que estavam marcados os preços com o montante da entrada e das prestações semanais. Ao lado havia uma livraria com um grande cartaz que dizia «Livros de seis milhões de Pessoas de Cor». Na outra esquina havia uma igreja missionária.

A gente do Harlem leva a religião a sério. Se Goldy tivesse partido a galope num carro de fogo direitinho para o céu, teriam acreditado — tanto os devotos, como os pecadores.

Goldy virou para Sul na Sétima Avenida, passou a entrada do Theresa Hotel, a Sugar Rays Tavern, a barbearia onde os tipos vivaços desfrisavam as carapinhas com uma mistura de vaselina e lixívia de potassa. Virou para Este na Rua 121 entrando no Valley, trepou por cima de pilhas de lixo congelado, deu um pontapé num cachorro magrizelas e entrou numa tabacaria suja que servia de fachada para jogos de apostas e vendia cigarros de marijuana. Três rapazes adolescentes estavam com uma rapariga de quinze anos lá dentro, todos a fumarem charros. Estavam a tentar fazer com que ela se despisse.

— Vá lá, tira-as, querida, tira-as.

— Não vem aí ninguém. Vá lá, despe-te.

— Porque é que vocês não deixam a rapariga em paz? — disse o dono da loja sem grande convicção. — Vê-se logo que ela tem mas é vergonha de se mostrar.

— Não tenho vergonha, não senhor — disse ela. — Sei muito bem que tenho boa figura.

— Claro que tens — disse o dono da loja, piscando-lhe o olho com um ar devasso.

Era um mulato alto, com ar sujo, uma cara bexigosa e uns olhos vermelhos lacrimejantes.

— O Senhor seja abençoado, Soldier — cumprimentou Goldy ao entrar. — O Senhor seja abençoado, meus filhos — olhou para os jovens com um ar conivente e citou. — *Por estes três flagelos foi exterminada a terça parte dos homens: o fogo, o fumo e o enxofre que saíam das suas bocas.*

— Ámen, irmã — disse o proprietário, piscando o olho a Goldy.

A rapariga riu à socapa. Os rapazes remexeram-se indecisos e calaram-se uns momentos.

Ninguém que reparasse teria achado estranho uma Irmã de Caridade dar um pontapé num cachorro, entrar num antro de droga e citar frases enigmáticas das Escrituras a delinquentes que estavam a fumar charros.

Silenciosamente, Goldy esperou que Jackson chegasse, depois conduziu-o pela porta das traseiras, por um corredor escuro e húmido, que cheirava a toda a espécie de excrementos, e abriu uma porta que estava fechada a cadeado. Acendeu um candeeiro de teto com uma luz fraca, todo sujo das moscas, e entrou cautelosamente num quarto sem janelas com uma mesa de madeira toda riscada, duas cadeiras de costas direitas que gingavam e um divã tapado com cobertores cinzentos e sujos. Encostada a uma parede estava uma série de caixas de cartão bolorentas, empilhadas umas em cima das outras. As paredes de cimento escorriam água devido ao ar frio e húmido.

Depois de Jackson entrar, Goldy fechou a porta com o cadeado pelo lado de dentro e acendeu um fogão de petróleo ferrugento que fumegava e cheirava mal. Depois atirou o banco para cima do divã, pôs a caixa das esmolas em cima da mesa e sentou-se com um suspiro profundo. Tirou a touca branca e a cabeleira postiça grisalha.

Sem aquele disfarce, era a cara chapada de Jackson. Os brancos do Sul, de onde eles vinham, costumavam chamar-lhes os «Gémeos do Pó Dourado», por eles serem tão parecidos com os gémeos que se viam nas caixas de detergente Pó Dourado.

— Não vivo aqui — disse Goldy. — Isto é só o meu escritório.

— Não vejo como é que alguém podia viver aqui — disse Jackson sentando-se numa das cadeiras pouco firmes.

— Há quem viva em sítios piores — disse Goldy.

Jackson não ia discutir por causa disso.

— Goldy, queria perguntar-te uma coisa.

— Primeiro tenho de dar de comer ao meu macaco.

Jackson olhou à sua volta, procurando o macaco.

— Está às minhas costas — explicou Goldy.

Jackson observou-o com repugnância, em silêncio, enquanto Goldy tirou da gaveta da mesa uma lamparina de álcool, uma colher de chá e uma agulha hipodérmica. Goldy sacudiu dois papelinhos de cocaína e morfina em pó para dentro da colher e preparou um chuto por cima da chama. Gemeu ao injetar-se no braço com a mistura ainda quente.

— Era isto que São João Evangelista usava — disse Goldy. — Sabias isso, pá? És um homem religioso, tu.

Jackson sentiu-se contente por nenhuma das pessoas que conhecia saberem que tinha um irmão como Goldy, um vigarista viciado na droga que se fazia passar por uma Irmã de Caridade. Sobretudo Imabelle. Isso seria motivo suficiente para ela o deixar.

— Nunca hei de confessar a ninguém que és meu irmão — disse ele.

— Ora, pá, eu também não. Bem, do que é que me querias falar?

— O que eu te queria perguntar era se conheces um xerife de cor aqui no Harlem. É alto, magro, de cor e também é um vigarista.

Goldy arrebitou as orelhas.

— Um xerife de cor? E vigarista? O que é que queres dizer com vigarista?

— Está sempre a ver se consegue que as pessoas lhe deem luvas.

Goldy sorriu maldosamente.

— O que é que aconteceu, pá? Foste levado por um xerife de cor?

— Bem, foi assim: estavam a falsificar-me dinheiro...

— A falsificar? — Goldy arregalou os olhos.

— Estavam a transformar-me notas de dez dólares em notas de cem.

— Quanto?

— Para dizer a verdade, tudo o que eu tinha. Mil e quinhentos dólares.

— E querias ficar com quinze mil?

— Só doze mil duzentos e cinquenta, depois de pagar as comissões.

— E foste preso?

Jackson acenou afirmativamente com a cabeça.

— Durante a operação o xerife entrou na cozinha e prendeu-nos a todos. Mas os outros fugiram.

Goldy desatou a rir à gargalhada sem conseguir parar. O chuto tinha batido e as pupilas dos seus olhos estavam negras como carvão e grandes como uvas. Riu-se convulsivamente, como se estivesse com um ataque. As lágrimas corriam-lhe pela cara abaixo. Por fim, conseguiu dominar-se.

— O meu próprio irmão — disse ele, arfando. — Aqui estamos nós, filhos do mesmo pai e da mesma mãe. Iguaizinhos um ao outro. E tu aí sem sequer teres ainda topado que foste levado. Foste enrolado, homem. Fizeram-te o que se chama «A Golpada». Estás a topar? Transformar notas de dez em notas de cem! O que é que tens dentro da cabeça? Tens andado a beber líquido de embalsamar?

Jackson parecia mais magoado do que irritado.

— Mas eu vi-o fazer aquilo uma vez — disse. — Com os meus olhos. Estive a olhar para ele o tempo todo. Um homem tem de acreditar nos seus próprios olhos, não?

Não lhe tinha sido muito difícil acreditar. Havia pessoas no Harlem que acreditavam que o Padre Divine era Deus.

— Claro, viste-o fazer a coisa quando ele te estava a enrolar — disse Goldy. — Mas o que tu não viste foi quando fez a troca. E isso foi quando ele se virou para pôr o dinheiro no forno a cozinhar. O que ele pôs no forno eram só tubos de cartão vazios e uma bomba de pólvora negra. E o teu dinheiro foi para um bolso especial da parte da frente do casaco.

— Então a Imabelle também foi enganada. Ela também o estava a ver, como eu. Nenhum de nós o viu fazer a troca.

As pálpebras de Goldy descaíram.

— Quem é a Imabelle? A tua velhota?

— É a minha miúda. E ela ainda acreditou mais do que eu. Foi ela que falou com o Jodie primeiro, o homem que lhe falou do Hank. E o Jodie parece ser um tipo honesto, trabalhador também.

Goldy não estava admirado que Jackson tivesse levado com «A Golpada». Havia muitos tipos espertos, até outros vigaristas, a quem tinham feito «A Golpada». Havia qualquer coisa na ideia de elevar o valor do dinheiro que atraía a ganância dos homens. Mas com as mulheres era diferente. Desconfiavam sempre de qualquer coisa que fosse científico. Mas Goldy não sabia o que é que Jackson sentia por aquela mulher, por isso só disse:

— É uma rapariga confiante, se acredita nessa história.

Jackson bufou de indignação.

— Achas que ela ia deixar que eles me enganassem se também não acreditasse?

— O que é que ela fez quando o fogão explodiu? Ajudou-te a salvar o dinheiro?

— Fez o que podia. Mas ela não é nenhuma Annie Oakley, que anda por aí armada com dois revólveres. Quando o xerife entrou na cozinha de pistola numa mão e o emblema na outra, ela fugiu como todos nós estávamos a tentar fazer. Eu também tentei fugir.

— É sempre o anjinho que elas apanham. Senão como é que eles se piravam com o dinheiro? E ainda deste mais dinheiro ao xerife para ele não te prender?

— Não sabia que ele era um vigarista. Dei-lhe duzentos dólares.

— Onde é que foste arranjar duzentos dólares se ele já tinha levado o dinheiro todo que tu tinhas?

— Tive de tirar quinhentos do cofre do Sr. Clay.

Goldy assobiou baixinho.

— Dá-me os trezentos dólares que ainda aí tens, pá, que eu procuro esses vigaristas e trago-te o dinheiro todo outra vez.

— Não tenho dinheiro nenhum — confessou Jackson. — Perdi-os a apostar e a jogar aos dados para tentar recuperar algum.

Goldy levantou a bainha da saia e examinou as pernas pretas, gordas, envoltas em meias pretas de algodão.

— Para um homem que se diz cristão, já tiveste uma noite e peras. E agora o que é que vais fazer?

— Tenho de encontrar o tipo que se fez passar por xerife. Depois de me ter levado os meus duzentos dólares, prendeu a Imabelle e tentou sacar-lhe algum também.

— Queres dizer que ele sacou mais luvas da tua miúda depois de ter recebido as tuas?

— Não sei exatamente o que aconteceu. Não a voltei a ver depois de ela ter fugido da cozinha com os outros. A única coisa que sei é que, quando telefonei, a minha senhoria disse que um xerife tinha levado a Imabelle lá a casa e que ela estava presa. Confiscou-lhe a mala e levou-a para um sítio qualquer. E depois disso ela não voltou lá. É por isso que estou tão preocupado.

Goldy olhou para o irmão com um ar incrédulo.

— Dizes que ele levou a mala dela?

Jackson acenou afirmativamente com a cabeça.

— Ela tem uma mala de viagem grande.

Goldy fitou Jackson tanto tempo que parecia que tinha os olhos fixos.

— O que é que ela tem na mala?

Jackson evitou o olhar de Goldy.

— Nada, a não ser roupa e coisas.

Goldy continuava a fixar o irmão. Por fim, disse:

— Ouve bem o que te vou dizer. Se a única coisa que a tua miúda tem na mala são roupas, ela juntou-se a esse gajo magro e ajudou-o a vigarizar-te. O que é que vai ser preciso para tu perceberes isso?

— Ela não fazia uma coisa dessas — negou Jackson redondamente. — Ela não precisava de fazer isso. Eu tinha-lhe dado o dinheiro todo se ela mo tivesse pedido.

— Como é que sabes que ela não está apaixonada pelo tipo? Pode ser que ela não ande atrás do teu dinheiro. Talvez só queira dormir com outro.

A cara negra, suada, de Jackson encheu-se de irritação.

— Não fales assim dela — disse ameaçadoramente. — Ela não está apaixonada por ninguém a não ser por mim. Vamo-nos casar. Além disso, ela não tem andado com mais ninguém.

Goldy encolheu os ombros.

— Então resolve tu o problema, pá. Ela fugiu com o homem que te levou o dinheiro. Se ela não quer o homem e se ela não quer o dinheiro…

— Ela não fugiu, foi ele que a levou — interrompeu Jackson. — Além do mais, se ela quisesse dinheiro, tinha o dinheiro dela. Ela tem mais dinheiro do que tu ou eu alguma vez vimos.

A cara gorda de Goldy ficou impassível. Não tremia uma pálpebra, nem se movia nenhum músculo da sua cara. Parecia não estar a respirar. Se ela tinha mais dinheiro do que qualquer um deles alguma vez tinha visto, a coisa estava a tornar-se mais séria. Isso eram factos que ele compreendia. Dinheiro! E ela tinha-o guardado na mala, senão porque é que ela e o tipo magro lá tinham voltado para a ir buscar? Não podia lá ter roupa que valesse a pena levar, sobretudo depois de ter vivido com um lambe-botas como o seu irmão gémeo.

Os seus olhos enormes, de pupilas negras, continuavam a fitar a cara transpirada e preocupada do irmão como que num transe.

— Vou ajudar-te a encontrar a tua miúda, pá — segredou com um ar cúmplice. — Afinal, és o meu irmão gémeo.

Tirou uma garrafa pequena de dentro da túnica e estendeu-a a Jackson.

— Prova um bocadinho.

Jackson abanou a cabeça.

—Vá lá, prova — insistiu Goldy, irritado. — Se o demónio ainda não tem a tua alma depois de tudo o que fizeste na noite passada, estás salvo. Prova bem. Vamos os dois procurar esse tipo e a tua miúda, e vais precisar de toda a coragem que conseguires arranjar.

Jackson limpou o gargalo da garrafa com o seu lenço sujo e bebeu uma boa golada. Ficou imediatamente a arfar. Soubera-lhe a tequila bolorenta temperada com bílis de galinha, e queimara-lhe a garganta como pimenta vermelha.

— Santo Deus! — exclamou. — Que porcaria é essa?

— É só bagaço — disse Goldy. — Há muita gente aqui no Valley que não bebe outra coisa.

A bebida entorpeceu a cabeça de Jackson. Esqueceu-se do que o tinha levado ali. Sentou-se no divã tentando esclarecer as ideias.

Goldy estava sentado do outro lado da mesa, fixando-o silenciosamente. Os olhos enormes, pupilas negras, de Goldy eram hipnóticos. Pareciam poços negros cintilantes de maldade. Jackson tentou arrancar os olhos dele, mas não conseguiu.

Por fim, Goldy levantou-se e pôs a cabeleira e a touca. Ainda não tinha dito nada.

Jackson tentou também levantar-se, mas o quarto começou a andar à roda. De repente, desconfiou de que Goldy o tinha envenenado.

— Eu mato-te — disse ele, entaramelado, tentando saltar sobre o irmão.

Mas as paredes do pequeno quarto giravam como um milhão de serras circulares à volta da sua cabeça. Não conseguiu defender-se quando Goldy pegou nele pelas axilas e o deitou no divã.

— Capítulo 5 —

Goldy vivia com mais dois homens no Golden Ridge da Convent Avenue, a Norte da City College e da Rua 140. Tinham o rés-do-chão de uma casa particular de pedra que tinha sido dividida em apartamentos.

Faziam-se os três passar por mulheres e viviam de expedientes. Eram os três gordos e pretos, o que facilitava a coisa.

O maior, que dava pelo nome de Kathy Grande, era proprietário de uma casa de prostituição no Valley, na Rua 131, a Este da Sétima Avenida. A sua casa era conhecida por toda a parte como «O Circo».

O outro tinha um apartamento na Rua 116 onde se dedicava às artes divinatórias sob o nome de Madame Cigana. Tinha na pasta um cartão que dizia:

MADAME CIGANA
Divinação
Predições
Formulações
Interpretações
Revelações
Palpites para os números

Uma velha que dava pelo nome de Mãe Gansa fazia-lhes a limpeza e cozinhava para eles. Em casa, comportavam-se sempre com decoro.

Todos eles se drogavam, mas nunca em casa. Nunca recebiam visitas. À noite, um candeeiro de pé com *abat-jour* estava sempre aceso junto à janela da frente, mas nunca se via ninguém. Isso era porque nunca lá estava ninguém. Gozavam da reputação de serem as mulheres mais respeitáveis de uma rua em que as pessoas de cor eram tão respeitáveis que telefonavam para os serviços de saneamento para lhes virem tirar a porcaria de gato dos passeios. Os vizinhos chamavam-lhes as «Três Viúvas Negras».

Goldy tinha uma mulher que vivia num apartamento na Lenox Avenue ao lado do Savoy Ballroom. Mas ela servia em casa de uma família branca de White Plains, e só estava em casa às quintas-feiras e em tardes alternadas aos domingos. Nesses dias, a Irmã Gabriel não aparecia nos locais que habitualmente frequentava.

Depois de deixar Jackson, Goldy foi para casa tomar o pequeno--almoço com Kathy Grande e a Madame Cigana. Estavam a comer bacon frito, papas de milho, quiabo e milho guisados, biscoitos, e acabaram com empadão de batata-doce e moscatel. A Mãe Gansa serviu-os em silêncio.

— Que tal estão as coisas lá fora? — perguntou Kathy Grande a Goldy.

— Tudo calmo — disse Goldy. — Ninguém foi morto, esfaqueado, roubado nem atropelado esta manhã, que eu saiba. Mas há por aí uns tipos novos a fazerem «A Golpada».

— Essa vigarice de província?! — exclamou a Madame Cigana. — Aqui no Harlem? Quem é que eles vão levar com isso?

— Há parvos em toda a parte — disse Goldy. — São os cristãos cheios de ganância que caem nessa.

— Cala-te, homem! Como se eu não soubesse isso!

— Bem, se eles tivessem dado o golpe a alguém tenho a certeza de que os tinha visto — disse Kathy Grande.

— Deram o golpe, pois — disse Goldy. — Mil e quinhentos dólares.

— Isso é estranho — disse Kathy Grande. — Ainda não foram lá ao meu estaminé dar umas quecas. Devem ter a polícia de um sítio qualquer atrás deles.

— Não tinha pensado nisso — disse Goldy.

Antes de sair, Goldy telefonou à senhoria de Jackson.

— Fala o Promotor Federal dos Estados Unidos e gostava que me desse umas informações sobre um casal que esteve a viver em sua casa. Chamam-se Jackson e Imabelle Perkins.

— Quer dizer que o senhor é o Promotor de Justiça? — perguntou ela numa voz atemorizada.

— Sou o Promotor de Justiça Federal.

— Ah, é o Promotor de Justiça Federal. Santo Deus, então eles estão metidos num grande sarilho, não estão? — disse ela, satisfeita.

Contou tudo o que sabia a respeito deles, exceto onde poderiam estar. Mas Goldy conseguiu que ela lhe dissesse o nome da irmã de Imabelle e ele telefonou-lhe de seguida.

— Fala o Rufus. A senhora não me conhece, mas sou amigo do marido da Imabelle lá da terra.

— Não sabia que ela tinha um marido na terra.

— Claro que sabe que ela tem um marido na terra.

— Se é um marido parecido com o que tem aqui, então tem dois maridos.

— Não vou discutir isso. Só quero saber se ela ainda tem aquilo na mala.

— Aquilo o quê?

— Você sabe... *aquilo.*

— Não sei do que é que você está a falar, seja você quem for. E não sei nada dos maridos da minha irmã, onde quer que eles estejam — disse ela, desligando.

A seguir Goldy telefonou para os patrões brancos de Imabelle, mas eles disseram que ela já não ia trabalhar há três dias.

Perante isso, enfiou a cabeleira grisalha e a touca branca e foi até à estação dos correios do Harlem estudar a galeria de retratos de malfeitores e criminosos procurados pela polícia.

Em vez de voltar para o seu posto à entrada dos Armazéns Blumstein, Goldy fez o circuito dos bares e estaminés onde havia mais probabilidade de eles estarem. Subiu a Sétima Avenida até à Rua 145, voltou para Este em direção à Lenox Avenue e desceu a Lenox até à Rua 125 outra vez. Ia agitando a caixa das esmolas, murmurando na sua voz roufenha e piedosa: «Uma esmola para o Senhor. Uma esmola para os pobres.» Sempre que alguém olhava para ele desconfiado, oitava do Apocalipse: «A fim de comerdes a carne dos reis.»

— Se é isso que vai comprar com o dinheiro, irmã, tome lá meio dólar — disse uma mulher de cor.

Havia mais bares naquele itinerário do que em qualquer outro percurso à face da terra. Em todos eles se ouviam máquinas de discos aos berros, vozes meladas a cantar *blues* soando peganhentas no meio de uma selva clamorosa de saxofones lamurientos, trombetas penetrantes e pianos martelados; ou estava alguém a lutar, ou havia alguém que tinha acabado de lutar, ou ia mesmo começar a lutar, ou a beber e a falar em lutar. Outros estavam a falar nos números. «Apostei doze dólares no duzentos e vinte e sete, homem, e saiu o duzentos e trinta e sete.» Ou a falar dos engates. «Vi aquela miúda e engatei-a, pá. Uma miúda e peras, pá.» Ou a falar de amor. «Foi aí que o meu amor falhou, querida, e foi o fim.»

Goldy passou pelos sítios onde se jogava aos dados e onde se faziam apostas, pelos quiosques de churrascos, as barbearias, os escritórios, os agentes funerários, os hotéis das pulgas, as mercearias, talhos com nomes como «Pança de Porco», «País das Linguiças», «Reino dos Pezinhos de Porco». Interrogou passadores de droga em quem podia confiar.

— Sabes alguma coisa de um bando novo, Jack?

— O que é que eles fazem?

— A Golpada.

— Não, pá, isso é para os saloios.

Alguns sabiam que ele era um homem, outros pensavam que era uma irmã viciada na droga. Fosse como fosse, não lhes fazia qualquer diferença.

Olhou para todas as caras em todos os sítios a que foi.

Quando lhe metiam moedas na caixa das esmolas, Goldy dava um número, citando o Apocalipse: «Quem for dotado de inteligência calcule o número da Besta... E o seu número é seiscentos e sessenta e seis.» Alguns brincalhões meteram moedas de vinte e cinco cêntimos e de meio dólar na caixa e correram para a banca de números mais próxima para apostar no seis-seis-seis.

Quando foi para casa jantar, estava completamente exausto. Não tinha uma única pista.

Kathy Grande e a Madame Cigana estavam a trabalhar. Comeu sozinho e pediu à Mãe Gansa que lhe desse o que tinha sobrado para levar a Jackson.

— Capítulo 6 —

Ao acordar, Jackson deu consigo deitado no divã, tapado com os dois cobertores sujos. As suas articulações estavam perras como as de um cadáver e a cabeça doía-lhe, como se a estivessem a furar com um martelo pneumático. A luz fraca fazia-lhe arder os olhos como pimenta e a sua boca parecia cortiça.

Virou o pescoço cautelosamente, como se fosse de vidro. Viu Goldy sentado à mesa com a sua túnica desmazelada, mas sem a touca nem a cabeleira. Em cima da mesa, à sua frente, estava uma panela tapada. Ao lado viu um pão cortado às fatias embrulhado em papel vegetal e uma garrafa meio cheia de *whiskey*.

O ar estava azul de fumo e cheio de emanações do fogão de petróleo. O quarto estava frio.

Goldy estava sentado com um ar sonhador, a soprar sobre a cruz de ouro que usava ao pescoço e a poli-la com um lenço cinzento de porcaria.

Jackson arrancou de cima de si os cobertores, levantou-se com dificuldade, agarrou o pescoço gordo de Goldy entre as suas mãos negras e começou a apertar. A sua cara encheu-se de gotas de suor, como pequenas borbulhas. Os seus olhos ficaram muito vermelhos dando-lhe um ar alucinado.

Os olhos de Goldy saíram das órbitas e a sua cara ficou de um cinzento avermelhado. Deixou cair a cruz, agarrou Jackson pelo pescoço com as duas mãos, puxou-o para si com toda a força e deu-lhe uma cabeçada na testa. O impacto da pancada fez tombar a cadeira para trás e ele caiu de costas com Jackson por cima de si, os dois azamboados com a cabeçada. A garrafa de *whiskey* caiu no chão sem se partir e rolou para debaixo do divã.

Os cobertores tinham voado para cima do fogão de petróleo e começaram a chiar, cheirando a lã e algodão queimado.

Os irmãos engalfinharam-se, rebolando pelo chão e grunhindo como dois canibais esfomeados a lutarem pela última costela. Por fim, Goldy conseguiu pôr um pé na barriga de Jackson e empurrou-o, e os dois separaram-se.

— O que é que tu tens, homem? — disse, ofegante. — Perdeste a cabeça?

— Tu drogaste-me! — disse ele, arfando.

Os cobertores em cima do fogão começaram a arder.

— Olha o que fizeste — disse Goldy, tentando desprender o pé esquerdo das pregas da túnica para se poder levantar.

Jackson agarrou-se à borda da mesa deitando ao chão o pão e, levantando-se com dificuldade, pôs-lhe o pé em cima ao precipitar-se para os cobertores a arder. Agarrou nos cobertores para os atirar para fora do quarto, mas a porta estava fechada a cadeado pelo lado de dentro.

— Abre a porta — disse ele, tossindo.

O quarto estava negro com o fumo que o enchia.

— Fizeste-me perder a chave — acusou-o Goldy, rebuscando o chão de gatas à procura dela. — Bolas! Ajuda-me a procurá-la — gritou ele, zangado.

Jackson atirou os cobertores para o chão e pôs-se também de gatas, ajudando Goldy a procurar a chave.

— Para que estás sempre a fechar a porta à chave? — lamentou-se.

— Está aqui — disse Goldy.

Ao pôr-se em pé para abrir a porta, pisou também o pão.

Jackson atirou os cobertores a pontapé para o corredor.

— Um dia destes ainda te vão encontrar aqui morto fechado à chave — disse ele.

— Já não tens os miolos com que nasceste — disse Goldy, empurrando Jackson para o lado para chegar à loja e ir buscar água para atirar para cima dos cobertores que fumegavam.

Depois disso rasgou uma caixa de cartão e deu um bocado a Jackson para ele ajudar a abanar o fumo para fora do quarto, resmungando o tempo todo:

— E eu aqui a chatear-me a tentar ajudar-te porque tu és meu irmão, e tu a primeira coisa que fazes é tentar matar-me.

— Que grande ajuda me deste — retorquiu Jackson enquanto abanava o fumo. — Eu venho pedir-te ajuda e tu dás-me uma bebida minada.

— Ora, homem, come o teu jantar e cala a boca.

Jackson pegou no pão esborrachado e endireitou-o, depois sentou-se à mesa e tirou a tampa do tacho. Estava meio cheio de chispe com feijão frade e arroz.

— É só chispe — disse Goldy.

— Eu gosto de chispe — respondeu Jackson. Goldy fechou a porta e voltou a pôr-lhe o cadeado.

Jackson lançou-lhe um olhar reprovador. Goldy encontrou a garrafa de *whiskey* debaixo do divã e deu um bocado a Jackson. Este olhou para o copo, desconfiado. Goldy lançou-lhe um olhar zangado.

— Nem na nossa mãe tu acreditavas, pois não? — disse ele, bebendo um gole para mostrar que não continha droga.

Jackson bebeu também, e fez uma careta.

— És tu que fazes isto?

— Deixa de refilar, homem. Ainda não me deste dinheiro nenhum para comprar *whiskey* bom, portanto bebe isso e cala-te.

Jackson começou a comer com um ar ofendido. Goldy preparou um chuto e injetou-se com gosto, silenciosamente.

— Telefonei à tua senhoria — disse ele, finalmente. — A Imabelle não voltou lá.

Jackson parou de comer. Com a boca cheia:

— Tenho de a ir procurar.

— Não vais nada, a não ser que queiras ser preso pelo primeiro chui que te aparecer à frente. O teu patrão apresentou queixa, e passaram um mandado de captura em teu nome.

Gotas de suor formaram-se na cara de Jackson.

— Isso não faz diferença. Ela pode estar metida numa encrenca.

— Ela não está metida em encrenca nenhuma. Quem está metido numa encrenca és tu.

Jackson pôs um osso rapado num montinho em cima da mesa, limpou a boca com as costas da mão e olhou para Goldy com a indignação terrível de um puritano.

— Ouve lá, se pensas que vou ficar aqui sentado depois de me terem roubado o meu dinheiro e a minha miúda, estás muito enganado. Ela é a minha miúda. Vou procurá-la a ela também.

— Bebe o copo e sossega. Não a vais conseguir encontrar esta noite. Vamos pensar um bocado no assunto.

Encheu outra vez o copo de Jackson. Este olhou para o copo com repugnância e depois bebeu-o de um trago, ficando quase sem fôlego.

— Pensar, como?

— É isso que eu quero saber. Que tipo de coisas é que a tua miúda tem na mala além de roupa?

Jackson pestanejou. A comida, a bebida e o ar pesado do quarto pequeno e fechado estavam a dar-lhe sono.

— Bens pessoais.

— O quê?

Jackson começava a ficar com as ideias baralhadas e a desconfiar de que Goldy estaria a tentar enganá-lo.

— Tachos e panelas de cobre e tijelas — gritou ele, zangado. — Coisas que lhe deram quando se casou.

— Tachos de cobre! Panelas e tijelas! — Goldy olhou para ele, incrédulo. — Queres que acredite que ela e o tipo se piraram para um sítio qualquer para cozinhar?

Jackson estava com tanto sono que mal conseguia manter os olhos abertos.

— Deixa a mala dela em paz — murmurou com hostilidade. — Se me queres ajudar, ajuda-me a encontrá-la e deixa as coisas dela em paz.

— É só isso que eu estou a tentar fazer, pá — protestou Goldy. — Só a tentar ajudar-te a encontrar a tua miúda. Mas ainda não sei bem do que é que estou à procura.

Jackson estava com sono demais para responder. Estendeu-se em cima do divã e adormeceu imediatamente.

— Estava forte demais — murmurou Goldy consigo mesmo.

— Capítulo 7 —

Mantendo Jackson drogado metade do tempo e assustado a outra metade, Goldy conseguiu prendê-lo no quarto. Todos os dias dizia a Jackson que estava a seguir uma pista e prometia-lhe resultados concretos à noite. Mas só três dias depois é que encontrou a primeira grande pista.

As Três Viúvas Negras estavam a tomar o pequeno-almoço quando Kathy Grande disse:

— Ontem à noite esteve lá na casa um vigarista chamado Morgan. Estava a gabar-se às minhas raparigas sobre como ia fazer uma fortuna com o golpe da mina de ouro perdida. Achas que é um dos tipos de que andas à procura?

Goldy arrebitou as orelhas.

— Talvez. Como é que ele era?

— Tipo vigarista, pequeno e vivaço, mas sem dar nas vistas, sempre a falar de dinheiro, habilidoso, mas forreta, com olhos de gato, nos seus quarenta anos. Parecia perigoso.

— E é perigoso.

— Então é um deles?

— O testa-de-ferro. Como é que eles vão fazer a coisa?

— Não disse. Quando a Teena tentou tirar nabos da púcara, ele fechou-se em copas, deu umas quecas e foi-se embora.

— Ela conseguiu descobrir onde é que eles vão dar o golpe?

— Não, ele ficou com ar de quem já tinha falado demais.

— Ele há de voltar — disse Goldy, pensativo.

— Sim, quando aquela miúda os engata, é para durar.

Nessa noite, depois de Jackson ter acabado o tacho de orelhas de porco, couves e quiabo que Goldy lhe tinha levado, e de Goldy ter dado o chuto da noite, este disse com um ar indiferente:

— Ouvi dizer que chegou aí um homem ao Harlem que encontrou uma verdadeira mina de ouro perdida num sítio qualquer.

De repente Jackson começou a tremer e o suor começou a escorrer-lhe da cabeça e da cara como gotas de chuva.

— Uma mina de ouro?

— Foi isso que eu disse. Uma verdadeira mina de ouro perdida. E o que dizem por aí é que ele tem uma mala cheia de minério de ouro para o provar — olhou de esguelha para Jackson, com os olhos semi-cerrados. — Isso diz-te alguma coisa, pá?

Jackson ficou subitamente com um ar enjoado, como se tivesse engolido uma rã viva e ela estivesse a tentar saltar outra vez para fora da garganta dele. Limpou o suor da cara cinzenta e olhou para Goddy com um ar ainda mais enjoado.

— Ouve uma coisa, Goldy. Esse minério não pertence à Imabelle. Foi só por isso que eu não te disse nada. Pertence ao marido dela. Ela tem de lho devolver todo quando conseguir o divórcio, senão ele manda-a para a prisão. Foi ela que mo disse.

— Então é isso — Goldy recostou-se na cadeira e fitou o irmão, extasiado. — Então é isso. É isso que ela tem na mala. Tens andado a esconder-me coisas, pá.

— Eu não te tenho andado a esconder nada. É só que não queria que tu ficasses com ideias, porque aquele minério não lhe pertence. Nem eu lhe pus um dedo em cima, por muito teso que estivesse.

— Quanto é? Não pode ser tanto quanto isso, senão tu não ias meter o teu dinheiro todo n'A Golpada para o tentar transformar e depois roubar dinheiro ao teu patrão.

— Isso não tem nada que ver com o assunto. É que aquilo não é dela. Achas que ia roubar parte daquilo para mim e depois fazer com que ela fosse parar à prisão?

— Não, acho que não fazias uma coisa dessas. És demasiado honesto. Mas quanto é?

— Aí uns noventa quilos.

Goldy assobiou e os olhos saltaram-lhe das órbitas como bananas descascadas.

— Noventa quilos! Caramba! E tu viste, não viste? Viste mesmo?

— Claro que vi. Muitas vezes. De vez em quando tirávamos um bocado da mala, púnhamos em cima da mesa e ficávamos ali sentados com a porta fechada à chave a olhar. Ela nunca me tentou esconder que o tinha.

Goldy olhava fixamente para o irmão como se não conseguisse arrancar os olhos dele.

— Que aspeto é que tem, pá?

— Parece minério de ouro. O que é que querias que parecesse?

— E vê-se o ouro puro?

— Claro que se vê o ouro puro. Veem-se camadas de ouro na pedra.

— Que espécie de camadas? Camadas finas ou camadas grossas?

— Camadas grossas. O que é que pensas? Tem tanto ouro como pedra.

— Então são aí uns cinquenta quilos de ouro puro, não?

— Mais ou menos.

— Cinquenta quilos de ouro puro — Goldy soprou sobre a sua cruz de ouro e começou a puxar-lhe o lustro sonhadoramente. — Ouve uma coisa, pá. Se esse ouro é a sério, ouro puro de dezoito quilates, a tua miúda está metida num grande sarilho. Se não é, então é porque ela está a trabalhar com eles e os ajudou a vigarizar-te. Não há muito por onde escolher.

— Estou farto de te dizer que eles a raptaram. Há dias que te ando a dizer isso — protestou Jackson, indignado. — Achas que ela andava por aí a passear uma mala cheia de minério de ouro se não fosse ouro puro de dezoito quilates?

— Eu não penso nada. Estou a perguntar-te. Tens a certeza de que é ouro de dezoito quilates?

— Tenho a certeza — declarou Jackson solenemente. — É minério de ouro verdadeiro, tão puro como no dia em que o cavaram do chão. É por isso que estou tão preocupado.

— É só isso que eu quero saber.

Goldy sabia que o irmão era um anjinho, mas pensou que até um anjinho com três asas era capaz de reconhecer ouro puro acabado de tirar do chão.

— Sabes onde é que posso arranjar uma pistola? — perguntou Jackson subitamente.

Goldy ficou hirto.

— Uma pistola? Para que é que tu queres uma pistola?

— Vou sair daqui, procurar a minha miúda e recuperar o minério de ouro dela. Não vou continuar aqui sentado à tua espera.

— Ouve uma coisa, homem. Aqueles tipos andam a ser procurados pela polícia do Mississípi por terem matado um branco. São tipos perigosos. Uma pistola só te ia servir para seres morto. Que interesse é que tu podes ter para a tua miúda se estiveres morto?

— Eu dou-lhes a volta — disse Jackson, descontrolado.

— Estás completamente maluco, homem. Nem sequer sabes onde eles estão.

— Eu encontro-os, nem que tenha de rebuscar todos os buracos do Harlem.

— Nem o São Pedro sabe onde é que são os buracos todos do Harlem, homem. Já vi ratazanas velhas perderem-se de tal maneira nesses buracos que quando dão por si estão metidas num esgoto cheio de enguias.

— Então roubo para arranjar dinheiro e contrato alguém para me ajudar.

— Calma aí, pá. Eu vou encontrá-los. Onde é que está a tua religião? Onde é que está a tua fé? A tua hora está a chegar, homem.

Jackson limpou os olhos, que ardiam, com um lenço sujo.

— É melhor que chegue depressa — disse ele.

— Capítulo 8 —

Realizava-se um grande baile no Savoy e havia uma fila de pessoas ao longo de um quarteirão inteiro da Lenox Avenue, à espera de comprar bilhetes. A famosa equipa de detetives do Harlem composta por Ed Johnson, o Tumba, e Jones, o Coveiro, tinha sido encarregada de manter a ordem.

Eram dois negros de aspeto vulgar, altos, desconjuntados e trapalhões no vestir. Mas as suas armas não tinham nada de vulgar. Andavam ambos com revólveres cromados de calibre 38, feitos por encomenda, com o cano comprido, e nesse momento tinham-nos na mão.

O Coveiro estava à direita da cabeça da fila, à entrada do Savoy. O Tumba estava no fim da fila, do lado esquerdo. O Coveiro tinha a sua arma apontada para Sul, em linha reta ao longo do passeio. Do outro lado, o Tumba apontava para Norte, também em linha reta. Entre as duas linhas imaginárias havia espaço suficiente para duas pessoas de pé, ao lado uma da outra. Sempre que alguém saía da fila, o Coveiro gritava: «Tudo direito!» E o Tumba ecoava: «Tudo quieto!» Se o transgressor não se metia imediatamente para dentro, um dos detetives dava um tiro para o ar. Os pares na fila encolhiam-se como se estivessem a ser comprimidos por duas paredes de betão. A gente do Harlem estava convencida de que Jones, o Coveiro, e Ed Johnson, o Tumba, eram capazes de matar um homem por não se manter direito numa fila.

O Coveiro olhou à sua volta e viu a figura envolta numa túnica negra da Irmã Gabriel, que descia pesadamente a rua.

— Qual é a palavra, irmã? — cumprimentou ele.

— *Vi então sair da boca do dragão três espíritos imundos semelhantes a rãs*, disse o sexto anjo — citou a Irmã Gabriel.

Os casais que estavam na fila riram-se.

— Oiçam a Irmã Gabriel — troçou uma mulher noiva.

— Estou a ouvir, irmã — disse o Coveiro. — E o que é que faz saltar essas rãs?

Os que estavam a ouvir riram-se outra vez.

A Irmã Gabriel ficou calada uns momentos.

— *São espíritos demoníacos que realizam prodígios espantosos.*

— Achas que ela é maluca? — ouviu-se alguém segredar.

— Cala a boca — retorquiu uma voz prudente.

— E essas rãs? — insistia o Coveiro. — Quer dizer que há um lago com rãs no Harlem?

Era um sinal para que os ouvintes se rissem outra vez.

— *E sobre a sua fronte estava escrito um nome misterioso* — citou a Irmã Gabriel, continuando a andar.

— A cada uma o seu Cristo — disse o Coveiro para o público.

Goldy continuou a descer a Lenox Avenue até chegar à Rua 131 e virou à esquina na direção do bordel de Kathy Grande.

Era um apartamento de seis divisões no segundo andar das traseiras de um prédio grande de cinco andares quase em ruínas. Kathy Grande tinha organizado um espetáculo para os clientes e o salão estava todo iluminado para a grande ocasião. O ar estava azulado com fumo de incenso. Sentados em cadeiras e sofás estofados, muito coçados, que tinham sido encostados às paredes para deixar o meio da sala livre, estavam cinco raparigas e uma dezena de homens, muito apertados uns contra os outros.

Uma mulher mulata enorme, quase com um metro e noventa de altura e cento e vinte quilos de peso, lutava furiosamente com um negro musculoso pequeno, magrizela, com cerca de metade do peso dela. Vestiam os dois fatos de borracha muito justos que tinham sido oleados, e as suas caras escorriam o suor que não podia escapar-se pelos poros do corpo.

Estavam a lutar para ver se ele seria capaz de a derrubar. Tinha sido feita uma aposta de cem dólares. Havia também apostas por fora.

A mulher grande esmurrava o homenzinho com os punhos. O homenzinho tentava agarrar a mulher pelas pernas oleosas. Os espectadores riam-se, gritando frases de incitamento obscenas.

— Dá-lhe mais umas lambidelas, querida — gritava insistentemente um homem.

Goldy entrou pela porta de serviço e passou despercebido pelo corredor indo até ao quarto privado de Kathy Grande. Entrou sem bater.

O quarto tinha como mobília uma cama, uma cómoda, uma secretária a servir de mesa de cabeceira e duas cadeiras forradas de plástico encarnado.

Kathy Grande estava de pé ao fundo da cama ao lado de um painel com dobradiças que se abria para dentro do quarto à altura da sua cara. Fechado, o painel ficava escondido por detrás de uma litografia de Maria com o Menino. Do outro lado havia um espelho transparente que lhe permitia ver a sala sem ser visto. Kathy Grande voltou a cabeça e fez sinal a Goldy.

— Ele está cá — segredou. — Ali junto ao rádio com a Teena ao colo.

Goldy encostou a cara ao espelho e Kathy Grande espreitou por cima do seu ombro. Viu Hank imediatamente. Depois reparou num homem de pele grosseira, com os ombros largos e cabelo meio desfrisado, com calças de trabalho e um casaco de couro, sentado ao lado de Hank numa cadeira de costas direitas.

— Aquele é outro — segredou Goldy. — O que está ao lado dele com o cabelo queimado.

— Diz que se chama Walker.

Goldy percorreu a sala com os olhos, mas não viu o homem magro.

— Podes pedir à Teena que chegue aqui? — perguntou a Kathy Grande.

Kathy Grande mexeu num prego solto que havia na trave de madeira a que o painel estava preso com as dobradiças. O mostrador da rádio acendeu-se. As cinco raparigas que estavam na sala olharam sub-repticiamente para o aparelho.

Depois Teena levantou-se e pediu desculpa.

— Preciso de ir fazer chichi.

— Estás a ficar um bocado crescida para isso, não estás? — disse Jodie com brusquidão.

— Para de embirrar com ela — ordenou Hank. Teena entrou sorrateiramente no quarto de Kathy Grande sem ninguém dar por isso.

— Aqui a irmã quer que tu esta noite arranques ao teu homem a história do golpe da mina de ouro, e que descubras tudo o que houver para descobrir — disse Kathy Grande.

Teena olhou com curiosidade para a Irmã de Caridade. Descobrira acidentalmente que Kathy Grande era um homem, mas não sabia nada de concreto acerca de Goldy.

— Qual é a dela? —perguntou, insolentemente.

— Andas a beber demais — disse Kathy Grande. — É melhor estares sóbria quando fores trabalhar e é melhor não falhares.

— Eu não falho — disse ela, mal-humorada. Assim que ela voltou para a sala, Kathy Grande foi lá e pôs fim ao combate.

— Vamos considerar isto um empate.

— Deixa-os acabar! — gritou Jodie. — Eu apostei dinheiro.

— Então vai buscá-lo — disse Kathy Grande num tom desagradável. — Eu disse que era um empate.

Os lutadores estavam à beira da exaustão e ficaram contentes por aquilo ter acabado.

Jodie foi buscar o dinheiro à rapariga que estava a guardar as apostas e abriu caminho até à porta da saída. Kathy Grande deixou-o sair. Teena levou Hank para um quarto.

Goldy estendeu-se por cima da cama de Kathy Grande, mas estava demasiado tenso para dormir. Demasiado preocupado e ansioso por saber se o minério de ouro seria verdadeiro. Acreditava em Jackson, mas queria ter a certeza.

Kathy Grande estava sentada numa das cadeiras de braços forradas de plástico encarnado, com a saia puxada para cima dos joelhos gordos, a ler a coluna social de um semanário negro e comentando volta e meia amigos seus que lá vinham referidos.

Esperaram muito tempo. Já passava da meia-noite quando Teena bateu levemente à porta.

— Entra — disse Kathy Grande.

— Puxa! — disse Teena, assobiando e deixando-se cair na outra cadeira. — Encheu-me os ouvidos, ele.

Goldy sentou-se na borda da cama e inclinou-se para a frente.

— Queria que te juntasses a eles?

— Não, credo! Aquele forreta dos diabos! Estava a tentar vender--me umas ações.

— Então acertaste em cheio — disse Kathy Grande.

— Descobri tudo menos o sítio onde eles vão dar o golpe.

Goldy parecia desapontado.

— Isso era uma das coisas mais importantes.

— Fiz o melhor que pude, mas ele não se abriu.

— Está bem — disse Kathy Grande. — Vamos lá saber o que ele te disse.

— É só o velho golpe da mina de ouro. Aquele a quem eles chamam Walker é suposto ser o prospetor que descobriu acidentalmente a mina perdida no México. É a maior quantidade de ouro e a mais rica que ele alguma vez viu em todos os anos que andou a investigar, e por aí fora.

— De qualquer maneira, conta — disse Goldy. Teena lançou-lhe mais uma vez um olhar penetrante.

— Bem, o Walker diz que tem medo de ser morto só por mencionar que descobriu a mina. É claro que o único homem em quem tem confiança para falar no assunto é o Sr. Morgan, que é um grande financeiro de Los Angeles. O Sr. Morgan é conhecido em toda a Costa Ocidental pelas suas grandes operações financeiras e goza da reputação de homem honesto em todo o país.

Teena começou a rir-se.

— Continua — disse Kathy Grande com brusquidão.

— Bem, do que o prospetor Walker precisa é de milhares de dólares de ferramentas e equipamento e coisas assim, e aí de uns cem mineiros para trabalharem para ele. E além disso tem de conseguir uma licença do governo mexicano para trabalhar na mina, o que só por si vai custar cem mil dólares. Por isso a primeira coisa que o Sr. Morgan vai fazer é contratar os serviços... Foi isso que ele disse... Contratar os...

— Vá, continua — disse Kathy Grande.

— Contratar os serviços de um ensaiador de ouro da Junta Federal de Ensaiadores. Esse ainda não vi, mas diz que se chama Goldsmith.

Ela começou a rir-se outra vez, mas bastou um olhar de Kathy Grande para parar.

— Bem, os três, o Walker, o Morgan e o Goldsmith, é suposto terem ido ao México estudar a mina. Mas quando o Sr. Morgan descobriu o tamanho da mina percebeu que não podia encarregar-se da operação sozinho. Havia ali biliões de dólares de ouro e era preciso meio milhão de dólares para o extrair como deve ser. O Morgan disse que a podia ter financiado através do banco dele... Disse-me isso na cara... Mas não queria que os brancos ficassem com o controlo da mina e com os lucros todos. Por isso decidiu organizar uma empresa e vender ações só a gente de cor. Vão andar pelo país todo a vender ações a cinquenta dólares cada, e para terem tempo de se encherem andam a dizer a toda a gente que são precisos seis meses para pôr a mina a funcionar, e mais três ou quatro até começar a dar lucros.

Calou-se e acendeu um cigarro. Depois olhou de um para o outro.

— Bem, foi isto.

— Como é que eles andam a vender as ações se não conseguiste descobrir onde é que eles vão dar o golpe? — perguntou Goldy, muito concentrado.

— Ah, esqueci-me de vos contar isso. Eles têm um sócio chamado Gus Parsons, ou Gus qualquer coisa, que anda pelos bares chiques, vai a reuniões de homens de negócios, até às festas das igrejas, disse o Morgan, para estabelecer contacto com os lorpas. Os investidores, como lhes chama o Morgan. Depois leva-os à sede deles, no seu próprio carro, de olhos tapados.

Kathy Grande semicerrou os olhos na direção de Teena.

Goldy continuou a fixá-la com o seu olhar concentrado.

— Para que é tudo isso? — perguntou ele.

Teena encolheu os ombros.

— Diz que têm medo de ser roubados.

— Roubados? — repetiu Kathy Grande.

— Que lhes roubem o quê? — perguntou Goldy.

— Diz que têm uma mala cheia de minério de ouro ou lá o que isso é. Disse que o tinham extraído da mina perdida, como se alguém acreditasse nessa conversa.

— Eles têm a mala guardada na sede? — perguntou Goldy.

Qualquer coisa na voz de Goldy fez com que Kathy Grande olhasse para ele vivamente.

Teena não percebia o que se estava a passar e começou a ficar assustada.

— Não sei onde é que a têm guardada. Ele não me disse nada a respeito disso. A única coisa que me disse é que tinham amostras na sede, mas se alguém tivesse dinheiro suficiente para investir, mostravam-lhe uma mala cheia de minério de ouro puro.

Goldy soltou um suspiro tão suave que parecia estar a chorar baixinho.

Kathy Grande continuava a olhar para ele com uma expressão de quem tinha muitas perguntas a fazer.

— A Teena já te disse tudo o que querias?

Goldy acenou afirmativamente com a cabeça.

— Vai-te embora — disse Kathy Grande.

Assim que Teena fechou a porta, ele inclinou-se todo para a frente e fixou atentamente a cara de Goldy.

— É verdade?

Goldy fez que sim com a cabeça, devagar.

— É verdade, sim.

— Quanto?

— O suficiente para toda a gente.
— O que é que queres que eu faça?
— Quero que não levantes ondas até eu a apanhar.

— Capítulo 9 —

O Coveiro e Ed, o Tumba, não eram detetives desonestos, mas eram duros. Tinham de ser duros para trabalharem no Harlem. Os negros não respeitavam os polícias de cor. Mas respeitavam as pistolas grandes e reluzentes e a morte súbita. Dizia-se no Harlem que a pistola de Ed, o Tumba, era capaz de matar uma pedra e que a do Coveiro era capaz de a enterrar.

Recebiam o seu tributo, como todos os verdadeiros polícias do *bas-fond* estabelecido que satisfazia as necessidades essenciais das pessoas: chulos, madames, prostitutas, corretores dos números, banqueiros dos números. Mas não tinham contemplações com carteiristas, assaltantes de rua, ladrões, vigaristas ou outros estranhos que se dedicassem a qualquer negócio escuro. E a única violência que toleravam era a sua. «Calma aí», preveniam eles. «Não cavem sepulturas.»

Quando Goldy chegou ao Savoy, eles iam mesmo a sair com dois garanhões que tinham andado à facada por causa de uma rapariga. O garanhão que levara a rapariga tinha ficado com ciúmes porque ela dançou demais com o outro garanhão. O que enfurecera o Coveiro e o Tumba fora o facto de a rapariga ter posto aqueles dois à luta para ver se conseguia escapulir-se com um terceiro garanhão, e os dois primeiros eram demasiado burros para verem isso.

Goldy seguiu-os até à esquadra da Rua 126 num táxi.

A grande sala do piquete onde o sargento de dia estava sentado atrás de uma secretária que parecia uma fortaleza, com um metro e meio de altura, do lado do gabinete dos detetives, estava apinhada com a colheita da noite.

Os polícias dos carros-patrulha, os polícias do giro, os detetives à paisana tinham todos os seus presos a reboque, à espera de vez para fazer a participação. O sargento de dia dava-lhes entrada por ordem de chegada, escrevendo no seu caderno os nomes, a acusação, as moradas e os nomes dos agentes responsáveis pela detenção, antes de os entregar aos carcereiros que esperavam ao fundo.

Viam-se pequenos fiadores, brancos e de cor, à volta da secretária e a circular entre os detidos tentando arranjar clientes. Por dez dólares pagavam a caução por pequenos delitos.

Os polícias estavam irritados porque teriam de comparecer no tribunal na manhã seguinte durante as suas horas de folga para testemunhar contra os presos que tinham detido. Estavam impacientes por fazerem a participação dos seus presos para poderem ir até às suas tascas habituais e dormir um bocado antes de serem horas de largar.

Um polícia branco ainda novo tinha detido uma negra de meia-idade, que estava bêbeda, por prostituição. O matulão de cor com fato-macaco e casaco de couro que tinha sido apanhado com ela dizia que ela era mãe dele e que ele só a ia acompanhar a casa.

— Chegou-se ao ponto de uma mulher nem poder andar na rua com o seu filho legítimo — queixava-se a mulher.

— Não sabes estar calada? — disse o polícia, irritado.

— Não mande calar a minha mãe — disse o homem.

— Se esta pega é tua mãe, eu sou o Pai Natal — disse o polícia.

— Não me chame pega — disse a mulher, dando um bofetão no polícia com a carteira.

O polícia ripostou instintivamente, deitando a mulher ao chão. O homem de cor deu um murro no polícia por cima da orelha, deitando-o por sua vez ao chão. Outro polícia soltou o seu preso e começou a esmurrar a cabeça do homem. O homem cambaleou para a frente, para cima de outro polícia, que lhe bateu também. No meio da confusão, houve alguém que pisou a mulher e ela desatou aos gritos.

— Socorro! Socorro! Estão-me a espezinhar!

— Estão a matar uma mulher de cor! — berrou outro preso.

Pegou-se tudo à pancada.

O sargento de dia olhou do alto do seu santuário e disse numa voz entediada:

— Santo Deus.

Nesse momento, Ed, o Tumba, e o Coveiro entraram com os seus dois presos.

— Tudo direito! — berrou o Coveiro numa voz de estentor.

— Tudo quieto! — berrou Ed, o Tumba.

Sacaram os dois das pistolas ao mesmo tempo e começaram a disparar para o teto, que já estava cheio de buracos de tiros que eles tinham dado noutras ocasiões.

O tiroteio súbito na sala apinhada encheu de pânico presos e polícias. Ficou tudo quieto.

— À vontade! — gritou o Coveiro.

Ele e o Tumba empurraram os seus presos através daquela corja silenciosa em direção à secretária.

Os meliantes do Harlem sob prisão olharam-nos pelo canto do olho.

— Não cavem sepulturas — advertiu o Coveiro.

O tenente de serviço espreitou um momento do gabinete do capitão atrás da secretária, mas estava tudo sossegado.

Goldy entrou sorrateiramente na sala e ficou mesmo junto à entrada da porta, fazendo parar todos os fiadores de cauções que passavam por ele com o chocalhar da sua caixa de esmolas.

— Uma esmola para o Senhor, cavalheiros. Uma esmola para os pobres.

Se havia alguma coisa de estranho no facto de uma Irmã de Caridade andar a recolher esmolas numa esquadra do Harlem à uma da manhã, ninguém notou.

Ed, o Tumba, e o Coveiro deram parte dos seus presos imediatamente e entregaram-nos ao carcereiro. O capitão queria que eles andassem na rua, não que passassem a noite inteira na esquadra.

Quando eles saíram, Goldy entrou para o banco de trás do seu carro preto pequeno e foi com eles. Estacionaram o carro na escuridão da Rua 127 e o Coveiro voltou-se para trás.

— Bem, que informação é essa a respeito das rãs?

— Abençoado seja aquele que… — começou Goldy a citar.

O Coveiro interrompeu-o.

— Poupa-me as citações bíblicas. Nós deixamos-te trabalhar porque tu és um bufo, só isso. E não te esqueças, nós sabemos quem tu és, pá.

— Sabemos tudo o que há a saber a teu respeito — acrescentou Ed, o Tumba. — E detesto gajos que se fazem passar por mulheres mais do que Deus detesta o pecado. Por isso fala, pá, fala.

Goldy deixou-se de cenas e falou normalmente.

— Andam três vigaristas a funcionar aqui que estão a ser procurados no Mississípi por assassínio.

— Isso já nós sabemos — disse o Coveiro. — Diz-nos só os nomes deles e o sítio onde estão escondidos.

— Dois deles dão pelo nome de Morgan e Walker. Não sei qual é a alcunha do gajo magro. E não sei onde é que eles estão escondidos. Estão a dar o golpe da mina de ouro perdida e têm um sócio chamado Gus Parsons para lá levar os lorpas de olhos tapados.

— Onde é que os viste?

— Na casa da Kathy Grande. O Morgan e o Walker estiveram lá esta noite.

— Conta mais coisas, conta mais coisas — disse o Coveiro com brusquidão.

— Tenho um irmão chamado Jackson, que trabalha para o Exodus Clay. Levaram-lhe mil e quinhentos dólares com A Golpada. A miúda dele, a Imabelle, foi quem o meteu nisso e depois fugiu com o gajo magro.

— Ela está metida no golpe da mina de ouro?

— Deve estar.

— O que é que eles estão a usar como minério de ouro?

— Têm uns bocados de pedra falsos.

O Coveiro voltou-se para Ed, o Tumba.

— Podemos apanhá-los na Kathy Grande.

— Tenho um plano melhor — disse Goldy. — Vou dar ao Jackson umas massas falsas e deixo que o Gus Parsons o contacte. O Gus leva-o à sede deles e vocês podem-nos seguir.

O Coveiro abanou a cabeça.

— Disseste agora mesmo que eles tinham levado o Jackson com A Golpada.

— Mas o Gus não estava com eles. O Gus não conhece o Jackson. Quando o Gus descobrir que se enganou, vocês já os apanharam a todos.

O Coveiro e o Tumba trocaram olhares. O Tumba fez que sim com a cabeça.

— Está bem, pá, apanhamo-los amanhã à noite — disse o Coveiro. E acrescentou com dureza. — Ao que parece o beneficiário do teu irmão és tu.

— Estou a tentar ajudá-lo, só isso — protestou Goldy. — Ele quer que a miúda dele volte.

— Aposto que sim — disse Ed, o Tumba.

Deixaram Goldy sair do carro e partiram.

— Não há um mandado de captura em nome do Jackson? — comentou Ed, o Tumba.

— Há, roubou quinhentos dólares ao patrão.

— Apanhamo-lo a ele também.

— Apanhamo-los a todos.

Na tarde do dia seguinte, depois de Jackson ter acabado de comer, Goldy informou-o da organização do bando e do plano para os apanhar.

— E o engodo é isto.

Fez um rolo enorme com notas falsas, envolveu-o em duas notas de dez dólares verdadeiras e prendeu-o com um elástico. Era assim que os brincalhões do Harlem costumavam andar com o dinheiro quando se queriam dar ares. Goldy atirou o dinheiro para cima da mesa.

— Mete isso no bolso, pá, e até ficas a parecer um grande naco de queijo. Vais parecer o maior naco de queijo que aqueles ratos alguma vez viram.

Jackson olhou para o rolo de notas falsas sem lhe tocar.

Não gostava nada do plano de Goldy. Havia uma quantidade de coisas que podiam correr mal. Se houvesse zaragata, os detetives podiam caçá-lo a ele e deixar fugir os verdadeiros criminosos, como tinha acontecido com aquele xerife falso. Claro que estes eram detetives autênticos. Mais eram detetives negros, mesmo assim. E segundo o que ouvira dizer, eles acreditavam em disparar primeiro e interrogar os cadáveres depois.

— Claro que se não quiseres encontrar a tua miúda… — espicaçou Goldy.

Jackson pegou no rolo de dinheiro e enfiou-o no bolso das calças. Depois benzeu-se e ajoelhou-se no chão ao lado da mesa. Inclinando a cabeça devotamente, murmurou uma oração.

— Querido Deus que estais no céu, se não te parece justo ajudar este pobre pecador na sua hora de necessidade, por favor não ajudes e tomba aqueles assassinos, nojentos.

— Para que é que estás a rezar, homem? — disse Goldy. — Não te pode acontecer nada. Vais ter ajuda.

— É isso que me preocupa — disse Jackson. — Não vá a ajuda ser grande demais…

— Capítulo 10 —

O Braddock Bar ficava na esquina da Rua 126 e da Oitava Avenida, ao lado de uma companhia de seguros e empréstimos pertencente a negros e do jornal semanal do Harlem.

Tinha uma fachada de aspeto caro, com janelas pequenas de estilo inglês e com os vidros em forma de losangos e caixilhos de chumbo. Em tempos tivera uma reputação de respeitabilidade, e fora procurado por homens de negócios brancos e negros e pelos seus respeitáveis empregados. Mas quando os bordéis, clubes de jogo e antros de droga invadiram a Rua 126 para espoliar as pessoas da Rua 125, passara a gozar de má reputação.

— Este bar foi de cavalo para burro — disse Jackson consigo mesmo ao chegar lá às sete horas.

A noite fria e nevosa de fevereiro começava a embriagar-se.

Jackson arranjou com dificuldade um lugar à frente do longo bar, pediu um *whiskey* e olhou com nervosismo para os outros frequentadores.

O bar estava apinhado com o que havia de pior no Harlem, pequenos vigaristas de caras chupadas, ladrões, carteiristas, assaltantes de rua, passadores de droga, trabalhadores corpulentos de aspeto rude vestindo fatos-macaco e casacos de couro. Todos eles tinham mau aspeto ou um ar perigoso.

Três empregados encorpados patrulhavam o chão sujo atrás do balcão, enchendo silenciosamente os copos e recolhendo moedas.

Na parte da frente, uma máquina de discos berrava e uma voz avinhada gritava: «*Rock me, daddy, eight to the beat. Rock me, daddy, from my head to my feet.*»

Goldy explicara a Jackson que tinha de mostrar o rolo de notas assim que pedisse a primeira bebida, mas Jackson não tinha coragem. Tinha a sensação de que estava toda a gente a olhar para ele. Pediu uma segunda bebida. Depois reparou que estava toda a gente a olhar para toda a gente, como se cada um deles considerasse o vizinho do lado uma vítima potencial ou um informador da polícia.

— Aqui toda a gente está à procura de qualquer coisa, não é? — disse o homem ao seu lado.

Jackson teve um sobressalto.

— Está à procura de alguma coisa?

— Aquelas pegas ali estão a ver se arranjam um cabrito. Aquele bando ao pé da porta está a ver se consegue um bêbedo para roubar. Esta malta está só à espera de que um tipo mostre o dinheiro.

— Tenho impressão de que já o vi antes — disse Jackson. —Você não se chama Gus Parsons, por acaso?

O homem olhou para Jackson desconfiado e começou a afastar-se.

— Para que é que quer saber o meu nome?

— Pensei só que o conhecia — disse Jackson, mexendo no rolo de notas que tinha no bolso, tentando arranjar coragem para o mostrar.

Foi salvo naquele momento, por uma briga.

Dois homens de aspeto violento saltavam pelo chão, deitando abaixo cadeiras e mesas, e ameaçando-se um ao outro com navalhas de ponta e mola. Os clientes que estavam ao balcão voltaram a cabeça para ver, mas não saíram dos seus lugares e continuaram agarrados às suas bebidas. As pegas rolavam os olhos com um ar entediado.

Um dos homens golpeou o braço do outro. Um rasgão profundo abriu-se na manga do casaco de couro apertado, mas não saiu nada a não ser roupa velha: duas camisolas, três camisas, uma camisola interior. O segundo homem ripostou, fazendo um corte na parte da frente do blusão de lona do adversário. Mas a única coisa que saiu do ferimento foi tinta de impressão seca das camadas de jornal com que ele se tinha coberto para se agasalhar. Continuaram a esfaquear-se um ao outro como dois bonecos de trapos a batalharem numa fúria de saltos e cabriolas, espalhando roupas e bocados de notícias da semana passada em vez de sangue.

Os clientes riam-se.

— Como é que aqueles gajos se hão de cortar? — comentou alguém.
— É a mesma coisa que estarem a lutar contra o saco do trapeiro.

— A única coisa que eles estão a fazer é a prejudicar o Exército de Salvação.

— Eles não estão a tentar esfaquear-se, homem. Esses gajos conhecem-se. Só querem ver se conseguem que o outro morra de frio.

Um dos empregados do bar saiu de trás do balcão com um pau de basebol e deu uma cacetada na cabeça de um dos lutadores. Quando esse caiu, o outro baixou-se para lhe dar mais uma facada e o empregado deu-lhe também uma cacetada.

Dois polícias brancos entraram tranquilamente, como se tivessem farejado a briga, e levaram os dois combatentes.

Jackson pensou que talvez fosse seguro mostrar o seu rolo de notas nesse momento. Tirou do bolso o dinheiro falso, desenrolou cuidadosamente uma nota de dez dólares e atirou-a para cima do balcão.

— Dois *whiskeys*.

Fez-se um silêncio profundo. Todos os olhos se voltaram para o rolo de dinheiro que ele tinha na mão, depois para ele, depois para o empregado do bar.

O empregado segurou a nota contra a luz, examinou-a, voltou-a ao contrário e esticou-a entre as mãos fazendo-a estalar, e em seguida meteu-a na caixa registadora fazendo soar a campainha e poisou ruidosamente o troco em cima do balcão.

— O que é que você quer? Que lhe cortem a garganta? — disse ele, zangado.

— E o que quer que eu faça? Que me vá embora sem pagar? — retorquiu Jackson.

— Só não quero barulho aqui dentro — disse o empregado, mas era tarde demais para isso.

Uma série de meliantes aproximaram-se, cercando Jackson. Mas as pegas chegaram lá primeiro, comprimindo a sua mercadoria com tal força de encontro a Jackson que este não percebeu se elas estariam a vender ou a querer oferecer. Os carteiristas tentavam abrir caminho. Os assaltantes de rua esperavam à porta. As restantes pessoas observavam-no, curiosas e atentas.

— Esse dinheiro é meu — gritou um ex-pugilista corpulento, muito bebido, abrindo caminho entre a clientela em direção a Jackson. — Esse filho da... roubou-mo do bolso.

Alguém se riu.

— Não deixes que ele te assuste, querido — animou-o uma das pegas.

Outra disse:

— Aquele maltrapilho não tem uma moeda no bolso desde que Jesus era criança.

— Não quero sarilhos aqui dentro — preveniu o empregado do bar, estendendo a mão para o pau de basebol.

— Conheço muito bem o meu dinheiro — berrou o ex-pugilista. — Ninguém pode dizer que eu não conheço o meu dinheiro.

— Que diferença é que há entre o teu dinheiro e o dinheiro de qualquer outra pessoa? — disse o empregado do bar.

Um homem de pele castanha, altura média, com um casaco de pelo de camelo, chapéu de pele de castor, um fato às riscas castanhas e brancas impecavelmente engomado, sapatos de camurça castanhos, gravata de seda castanha com cavalos amarelos pintados à mão, com um anel de brilhante na mão esquerda e um anel de sinete na mão direita, levando um par de luvas na mão esquerda e estendendo a mão direita, abriu a porta da rua e entrou apressadamente no bar. Estacou ao ver o ex-pugilista agarrar Jackson pelo ombro. Ouviu-o dizer numa voz ameaçadora: «Deixa-me ver a trampa do dinheiro.» Reparou que dois empregados se aproximaram prontos a entrarem em ação. Viu as pegas afastarem-se. Num instante, avaliou a situação. Abrindo caminho no meio do aperto, aproximou-se do ex-pugilista por trás, agarrou-o pelo braço, obrigou-o a voltar-se e deu-lhe um valente pontapé na virilha.

O ex-pugilista corpulento dobrou-se para a frente, soprando cuspo com um gemido. O homem recuou e deu-lhe um pontapé no abdómen. A cara do ex-pugilista inchou como um balão enquanto tentava recuperar o fôlego, caindo de cabeça para o chão. O homem recuou outro passo e deu-lhe um pontapé na cara com o peito do pé, com força suficiente para lhe fechar um olho sem partir qualquer osso, e a tempo de fazer com que o ex-pugilista caísse sobre o peito e não sobre a cara. Depois, enfiou elegantemente a ponta do sapato de camurça debaixo do ombro do ex-pugilista fazendo-o deitar-se de costas. Introduziu lentamente a mão direita no bolso interior do sobretudo puxando de um revólver da polícia.

Os clientes dispersaram, afastando-se do alcance da arma.

— És tu o filho da mãe que me roubou ontem à noite — disse o homem para o ex-pugilista semiconsciente, que estava deitado no chão. — A minha vontade é dar-te um tiro na barriga.

Tinha uma voz agradável e falava num tom baixo, lento, que o fazia parecer um homem educado aos olhos da clientela daquele estaminé.

— Não lhe dê o tiro aqui dentro, senhor — disse um dos empregados do bar.

Ao ver a pistola, o ex-pugilista revirou os olhos, ficando apenas a ver-se as córneas. Engolia constantemente em seco enquanto tentava falar.

— Não fui eu, patrão — conseguiu finalmente dizer, num tom lamurioso. — Juro pela cruz que não fui eu. Nunca tentei roubá-lo, patrão.

— Ai, não, que não foste tu! Era capaz de te reconhecer em qualquer sítio. Assaltaste-me na Rua 129, mesmo depois da meia-noite de ontem.

— Juro que não fui eu, patrão. Estive aqui neste bar a noite toda. Nunca saí de cá.

— É verdade — disse o empregado do bar. — Ele esteve aqui toda a noite, ontem. Eu vi-o.

O ex-pugilista rebolava-se no chão, apalpando o olho e gemendo como se estivesse meio morto, tentando inspirar compaixão.

O homem guardou a arma e disse sensatamente:

— Bem, meu filho da mãe, talvez me tenha enganado. Mas tenho a certeza de que já alguma vez roubaste alguém, por isso tiveste aquilo que merecias.

O ex-pugilista levantou-se e recuou um pouco.

— Nunca seria capaz de o roubar, patrão, da maneira como o senhor se defende.

Ninguém achou graça, mas todos se riram.

— A si, não, patrão, a um homem da sua posição, não — prosseguiu ele fazendo-se engraçado para ver se continuavam a rir. — Qualquer pessoa aqui lhe pode dizer que já não tenho dinheiro que se veja há semanas — de repente, lembrou-se de que tinha acabado de acusar Jackson de o ter roubado. — Talvez tenha sido aquele homem que está ali ao balcão que o roubou, patrão. Andava aí a alardear um grande rolo de notas que arranjou num sítio qualquer.

O homem olhou para Jackson pela primeira vez.

— Oiça lá, não me meta nisso — disse Jackson. — O meu dinheiro, ganhei-o aos números. Posso prová-lo.

O homem aproximou-se, pôs-se ao pé de Jackson junto ao bar e pediu uma bebida.

— Não se preocupe, amigo, eu sei que não foi você — disse ele numa voz amigável. — Foi um matulão esfarrapado como aquele filho da mãe que me assaltou. Mas hei de encontrá-lo.

— Quanto é que lhe roubaram?

— Setecentos dólares — disse o homem, fazendo girar o copo com os dedos. — Se isso me tivesse acontecido na semana passada, era capaz de o ter procurado até no inferno. Mas agora já não faz grande diferença. Tive um bocado de sorte entretanto, descobri um bom negócio, bom como ouro puro. Daqui a uns oito ou nove meses vou poder dar a um gajo esse dinheiro só para não ter de o matar.

Ao ouvir a palavra *ouro*, Jackson levantou rapidamente a cabeça para ver o reflexo do homem no espelho atrás do balcão. Pediu outra bebida, puxou do rolo de dinheiro e desenrolou uma nota para a pagar.

O homem mirou o rolo de notas de Jackson.

— Se eu fosse a si, amigo, não andava a mostrar dinheiro numa tasca destas. É estar a pedir chuva.

— Eu não costumo vir aqui — disse Jackson. — Mas a minha mulher não está em casa neste momento.

O homem olhou para Jackson com cara de pau. Tinha sido informado por um dos vigaristas baratos que empregava como informadores que um tanso cheio de dinheiro estava no bar. Mas Jackson parecia tanso demais para ser um verdadeiro tanso. O homem perguntou a si mesmo se Jackson estaria a tentar levá-lo com um conto do vigário qualquer. Decidiu ir devagar.

— Foi o que eu pensei — disse ele prudentemente. As pegas voltaram a aproximar-se de Jackson e o homem fez sinal ao empregado do bar.

— Sirva uma bebida a estas pegas e diga-lhes que não me chateiem.

O empregado levou uma garrafa de *gin* e um tabuleiro com copos para um dos compartimentos reservados. As pegas desapareceram do balcão com um ar hostil, mas como se não estivessem para se dar ao trabalho de se sentirem ofendidas.

— Não devia falar assim com as mulheres — protestou Jackson.

O homem olhou para Jackson com um ar estranho.

— O que é que se pode chamar a uma pega barata senão uma pega, amigo?

— Jesus achou que valia a pena salvá-las — disse Jackson.

O homem sorriu aliviado. Jackson era mesmo o homem que procurava.

— Tem razão, amigo. Estou um bocado perturbado, não costumo falar assim. Chamo-me Gus Parsons — estendeu a mão a Jackson. — Trabalho na compra e venda de propriedades.

Jackson apertou-lhe a mão, também aliviado.

— Prazer em conhecê-lo, Gus. Chamo-me Jackson.

— O que é que você faz, Jackson?

— Trabalho numa agência funerária.

Gus riu-se.

— Deve dar bom rendimento, atendendo a esse rolo de notas que tem. Quanto é que aí tem, a propósito?

— Isto não veio da agência. Eu sou só um empregado. Tive sorte aos números.

— É verdade. Você disse que tinha acertado nos números.

— Pus vinte dólares no quatrocentos e onze. Ganhei dez mil dólares.

Gus assobiou baixinho e ficou subitamente com um ar sério.

— Siga o meu conselho, Jackson, guarde esse dinheiro no bolso e vá direitinho para casa. As ruas do Harlem não são seguras para um homem que anda com esse dinheiro todo. É melhor deixar-me acompanhá-lo até encontrarmos um polícia.

Voltou-se e chamou o empregado.

— Quanto é que devo?

— Deixe-me oferecer-lhe uma bebida antes de nos irmos embora — disse Jackson.

— Pode pagar-me uma bebida noutro sítio se quiser, Jackson — disse Gus, pagando a sua bebida e a garrafa de *gin*. — Um sítio limpo onde um homem se sinta seguro. Vamos deixar estes vadios e estes ladrões. Oiça, vamos até ao Palm Café.

— Acho ótimo — disse Jackson.

— Capítulo 11 —

Voltaram na Rua 125, dirigindo-se para a Sétima Avenida. As luzes de néon dos bares e das lojas projetavam raios multicores sobre as pessoas multicores que caminhavam no passeio lamacento, dando às suas caras estranhos tons metálicos. Viam-se passar homens de cor agasalhados por causa do frio, uns com sobretudos novos de xadrez, outros com impermeáveis de borracha do exército, gabardinas, casacos que pareciam feitos com cobertores. Mulheres de cor andavam de um lado para o outro, exibindo casacos feitos de peles inacreditáveis, como cavalo, urso, búfalo, vaca, cão, gato e mesmo morcego. Outras pessoas de cor traziam fatos de caxemira, melton, marta e rato-almiscarado. Passavam em grandes carros novos, com um ar próspero.

Uma Irmã de Caridade surgiu das sombras.

— Uma esmola para o Senhor. Uma esmola para os pobres.

Jackson ia pegar no seu rolo de notas, mas Gus deteve-o.

— Esconda o seu dinheiro, Jackson. Eu tenho trocado.

Meteu meio dólar na caixa das esmolas.

— Haveis encontrado o Espírito — citou incorretamente a Irmã de Caridade. — Aquele que tem ouvidos para ouvir, que oiça o que o Espírito diz.

— Ámen — disse Jackson.

Perto do cruzamento com a Sétima Avenida, entraram no Palm Café. Os empregados do bar vestiam casacos brancos engomados e as empregadas de mesa mulatas que circulavam entre as mesas e os compartimentos reservados tinham uniformes verdes e amarelos. Um conjunto de três instrumentos tocava ritmos mexidos num pequeno palco.

Os clientes eram a elite da escumalha que vivia de expedientes: vigaristas insinuantes do Harlem com cabelo desfrisado muito brilhante, vestidos com uma elegância berrante, acompanhados das suas bichas de fatos justos, coristas e «modelos» — o que podia querer dizer uma coisa qualquer — que cintilavam com a sua quinquilharia iridescente, faziam rolar os olhos escuros pintados, ostentavam unhas carmim, sorriam com dentes brancos como pérolas rodeados por lábios rubros, exibindo a intensa excitação que o dinheiro sabe comprar.

Gus abriu caminho até ao balcão e puxou Jackson para o pé de si.

— É deste tipo de sítio que eu gosto — disse ele. — Gosto de cultura. De boa comida. De bons vinhos. De homens prósperos. De mulheres bonitas. De uma atmosfera cosmopolita. O único problema é que isto custa dinheiro, Jackson, dinheiro.

— Bem, dinheiro tenho eu — disse Jackson, fazendo sinal ao empregado. — O que é que quer beber?

Pediram ambos *whiskey.* Depois Gus disse:

— Dinheiro como o seu, não, Jackson. Você não tem dinheiro suficiente para levar este tipo de vida. Estou a falar de dinheiro a sério. Por exemplo, esse dinheirinho que você tem, se não tiver cuidado, daqui a seis meses desapareceu. Estou a falar de dinheiro que não acaba nunca.

— Eu sei o que você quer dizer — disse Jackson. — Depois de a minha mulher comprar um casaco de peles, de eu arranjar umas roupas novas e de comprarmos um carro, um Buick ou coisa assim, ficamos tesos. Mas onde é que se arranja dinheiro que nunca acaba?

— Jackson, você dá impressão de ser um homem honesto.

— Tento ser, mas nem sempre compensa.

— Compensa, Jackson. Basta saber como é que se há de fazer com que compense.

— Quem me dera saber isso.

— Jackson, estou com vontade de o deixar entrar numa coisa boa. Um negócio que lhe há de render dinheiro a sério. O tipo de dinheiro de que eu estava a falar. A única coisa é que preciso de ter a certeza de que você não fala no assunto a ninguém.

— Ah, eu sei estar calado. Se há uma maneira de eu fazer dinheiro a sério, sei estar tão calado que até pensam que sou mudo.

— Venha daí, Jackson, vamos ali para trás para podermos falar sossegados — disse Gus subitamente, agarrando Jackson pelo braço e levando-o para uma das mesas do fundo. — Vou convidá-lo para jantar e assim que a rapariga nos tenha atendido vou-lhe mostrar uma coisa.

A empregada aproximou-se e parou junto à mesa deles, olhando noutra direção.

— Está à espera de que a gente lhe diga o que quer comer ou está só à espera de que a gente se levante e se vá embora? — perguntou Gus.

A empregada olhou-o com desprezo:

— Diga só o que quer, que nós trazemos.

Gus olhou-a de ponta a ponta, começando pelos pés.

— Traga-nos bifes, menina, e que não sejam tão duros como você, e cale-me essa boca.

— Dois bifes — disse ela, irritada. E afastou-se.

— Chegue-se para cá — disse Gus a Jackson, tirando do bolso interior do casaco um maço de certificados de ações decorados com selos dourados e inscrições latinas.

Abriu-os debaixo da borda da mesa para Jackson os ver melhor.

— Está a ver isto, Jackson? São ações de uma mina de ouro mexicana. Vão fazer de mim um homem rico.

Jackson arregalou os olhos o mais que pôde.

— Disse mina de ouro?

— Uma mina de ouro de dezoito quilates, Jackson. A mina mais rica deste hemisfério. Foi um negro que a descobriu, um negro que fundou uma companhia para a explorar, e só estão a vender ações a negros como você e eu. É uma companhia fechada. Melhor que isto não há.

A empregada trouxe os bifes, mas Jackson não conseguiu comer grande coisa. Tinha comido há pouco tempo, mas Gus pensou que fosse da excitação.

— Não deixe que a excitação lhe tire o apetite, Jackson. Não pode gozar o dinheiro se estiver morto.

— Isso é verdade, mas estava só a pensar. Gostava muito de poder investir o meu dinheiro nalgumas dessas ações, Sr. Parsons.

— Trate-me por Gus, Jackson. Não é preciso dar-me graxa. Eu não lhe posso vender ações nenhumas. Tenho de falar com o Sr. Morgan, o financeiro, que está a organizar a companhia. Ele é que vende as ações. A única coisa que posso fazer é recomendá-lo. Se eles acharem que você não é digno de ter ações da companhia, ele não lhas vende. Pode ter a certeza disso. Ele só quer vender ações a pessoas respeitáveis.

— E você recomenda-me, Gus? Se tem dúvidas a meu respeito, peço ao meu pastor que escreva uma carta de recomendação.

— Não é preciso isso, Jackson. Vi logo que você é um cidadão honesto e reto. Orgulho-me de saber julgar o carácter das pessoas. Um homem do meu ramo, a compra e venda de propriedades, tem de saber julgar o carácter das pessoas, senão não dura muito no negócio. Quanto é que você quer investir, Jackson?

— Tudo — disse Jackson. — Os dez mil dólares.

— Nesse caso, vou levá-lo imediatamente ao Sr. Morgan. Vão estar a trabalhar toda a noite, a pôr tudo em ordem aqui, para amanhã poderem ir para Filadélfia vender ações a mais algumas pessoas respeitáveis. Querem dar aos negros merecedores de todo o país uma oportunidade de partilharem os lucros que hão de vir desta mina.

— Compreendo isso — disse Jackson.

Ao saírem do Palm Café, a mesma Irmã de Caridade que já os tinha abordado ia a passar e voltou-se para lhes dirigir um sorriso beatífico.

— Uma esmola para o Senhor. Uma esmola para os pobres. Preparai o caminho para o céu com a vossa caridade. Pensai nos desventurados.

Gus tirou do bolso outra moeda de meio dólar.

— Tenho aqui, Jackson.

— A Irmã Gabriel abençoa-te, irmão. O Senhor dos espíritos dos profetas enviou o Seu anjo para mostrar aos Seus servos o que deve acontecer em breve. Eis que venho em breve. Feliz aquele que guarda as palavras da profecia deste livro.

Gus afastou-se impacientemente.

Goldy piscou o olho a Jackson e formou algumas palavras com os lábios.

— Estás a topar, pá?

— Ámen — disse Jackson.

— Desconfio daquelas freiras — disse Gus conduzindo Jackson para o seu carro. — Nunca lhe passou pela cabeça que elas talvez tenham um negócio obscuro?

— Como é que pode pensar uma coisa dessas das Irmãs de Caridade? — protestou Jackson imediatamente. Não queria que Gus começasse a desconfiar de Goldy antes de a armadilha ter surtido efeito. — São as pessoas mais piedosas do Harlem.

Gus riu-se, como que a pedir desculpa.

— No meu ramo, a compra e venda de propriedades, há tanta gente que faz vigarice que uma pessoa se torna desconfiada. Além disso, sou naturalmente cético. Não acredito em nada a não ser que tenha a certeza. Foi isso que senti em relação a esta mina de ouro. Tive a certeza antes de investir o meu dinheiro. Mas vejo que você é um homem religioso, Jackson.

— Membro da Primeira Igreja Baptista — disse Jackson.

— Não precisa de me dizer, Jackson. Vi logo que você era membro de uma igreja. Foi assim que soube que você é um homem honesto.

Parou ao lado de um Cadillac cor de alfazema.

— É este o meu carro.

— A compra e venda de propriedades deve render bastante — disse Jackson, entrando para o lugar da frente, ao lado de Gus.

— Um Cadillac não chega para se ver isso, Jackson — disse Gus, carregando na ignição e engatando uma mudança. — A única coisa que é preciso hoje em dia para se comprar um Cadillac é ter um bate-latas qualquer para dar de entrada, e depois fintar o cobrador das prestações.

Jackson riu-se e olhou para o espelho retrovisor. Viu um carro preto pequeno virar a esquina e pôr-se atrás deles. Depois, passado um momento, um táxi aproximou-se subitamente do passeio, perto do sítio onde tinham deixado Goldy.

— Quando receber o primeiro pagamento das minhas ações da mina, compro um carro destes.

— Não deite foguetes antes do tempo, Jackson. O Sr. Morgan ainda não lhe vendeu ações nenhumas.

De repente, ao virarem a esquina na St. Nicholas Avenue em direção a Norte, Gus encostou à berma do passeio e parou. Jackson viu o carro preto dar a volta à esquina, abrandar e depois continuar o seu caminho. Era seguido a uma pequena distância por um táxi. Gus não reparou. Tirara um capuz preto do porta-luvas.

— Desculpe, Jackson, mas tenho de lhe vendar os olhos — disse ele. — Enfie isto na cabeça. Compreenda, o Sr. Morgan e o prospetor têm cem mil dólares de minério de ouro no escritório e não podem correr o risco de serem roubados.

Jackson hesitou.

— Não é isso, Sr. Parsons. É só que... Bem, sabe... Tenho este dinheiro todo comigo...

Gus riu-se.

— Trate-me por Gus, Jackson. E não tenha medo de dizer o que está a pensar.

— Não é que eu não confie em si, Gus, mas...

— Compreendo, Jackson. Você acabou de me conhecer e não sabe de todo quem eu sou. Olhe, pegue na minha arma se isso lhe dá mais segurança.

— Bem, não é que não me sinta seguro consigo, Gus... — disse Jackson, pegando na arma e enfiando-a no bolso do lado direito do seu sobretudo. — É só que...

— Não diga mais, Jackson — e enfiou o capuz na cabeça de Jackson. — Sei perfeitamente o que sente um homem honesto como você numa situação destas. Mas não há nada a fazer.

Com o capuz enfiado na cabeça, Jackson sentiu-se subitamente assustado. Segurou na pistola para se tranquilizar e implorou silenciosamente que Goldy soubesse o que estava a fazer.

Ouviu o motor começar suavemente a funcionar e sentiu o carro arrancar. Viraram esquinas e mais esquinas. Tentou orientar-se, mas viraram tantas esquinas que ficou confuso.

Meia hora depois o carro abrandou e parou. Jackson não fazia ideia onde estava.

— Bem, cá estamos, Jackson, sãos e salvos — disse Gus. — Não lhe aconteceu nada. Deixe o capuz na cabeça só mais um bocado e não tarda estamos no escritório, frente a frente com o Sr. Morgan. Dê-me só a minha pistola, agora. Já não vai precisar dela.

Jackson sentiu o suor começar a correr-lhe pela cara abaixo sob o capuz. A rua estava silenciosa. Não se ouviam carros a aproximar-se. Se Gus tivesse despistado os detetives e Goldy, que deviam estar a segui-lo, então estava metido num sarilho.

Pegou na pistola com a mão direita, e com a esquerda arrancou o capuz da cabeça. A única coisa que teve tempo para ver foi o movimento rápido da mão de Gus que estivera poisada sobre o volante, antes de o punho de Gus explodir no seu nariz, enchendo-lhe a visão de estrelas a bailar. Jackson baixou a cabeça e lançou-se a Gus como um touro enorme, tentando imobilizá-lo e sacar da pistola ao mesmo tempo. Mas Gus deu-lhe uma cotovelada na traqueia com o cotovelo direito e segurou-lhe o pulso com uma mão de ferro antes de ele conseguir tirar a pistola do bolso. As estrelas que bailavam na visão de Jackson transformaram-se em balões vermelhos do tamanho de melancias.

— Capítulo 12 —

O carro preto surgiu tão depressa que derrapou e parou de banda. Os dois detetives negros corpulentos e desengonçados, vestindo sobretudos cinzentos velhos e chapéus de feltro, saltaram para o passeio de cada lado do carro com o trote típico da polícia.

Ao mesmo tempo, o táxi de Goldy aproximou-se da berma do passeio, estacionando um quarteirão mais abaixo, mas Goldy não saiu.

Quando os dois detetives convergiram sobre o Cadillac aparatoso, levavam na mão as suas pistolas cromadas de cano comprido. Ed, o Tumba, abriu a porta e o Coveiro puxou Gus para o passeio.

— Tira essas mãos de cima de mim — disse Gus, furioso, desferindo um murro com a mão direita sobre a cara do Coveiro.

O Coveiro esquivou-se ao murro e disse:

— Dá-lhe uma bofetada, Ed.

Ed, o Tumba, deu a Gus uma palmada na cara com a mão aberta. O chapéu justo de Gus voou e ele tombou em direção ao Coveiro, que lhe deu uma bofetada do outro lado e o atirou outra vez para Ed, o Tumba. Esbofetearam-no rapidamente, atirando-o de um para o outro como se estivessem a jogar pingue-pongue. A cabeça de Gus começou a zunir. Perdeu o sentido do equilíbrio e as suas pernas começaram a dar de si. Bateram-lhe até ele cair de joelhos, insensível ao mundo.

Ed, o Tumba, agarrou-o pelo colarinho do sobretudo para evitar que ele caísse de cara no chão. Gus ficou flacidamente ajoelhado entre os dois com a cabeça descoberta a baloiçar molemente. O Coveiro levantou-lhe o queixo com o cano da pistola. Ed, o Tumba, olhou para o Coveiro por cima da cabeça de Gus.

— Tenro?

— Mais tenro que isto só carne picada — disse o Coveiro.

— Este rapaz não foi educado como deve ser.

Jackson não se tinha mexido do assento do carro enquanto os detetives tratavam de Gus, mas de repente abriu a porta do outro lado e saiu para o passeio, esperando poder afastar-se sem darem por ele.

— Aguenta aí, pá, temos coisas a tratar contigo — gritou-lhe o Coveiro.

— Sim, senhor — disse Jackson submissamente. — Estava só a preparar-me para ver o que queriam que eu fizesse.

— Ainda temos de ir lá dentro.

— Sim, senhor.

— Vamos compor este rapaz, Ed.

Ed, o Tumba, levantou Gus e pôs-lhe uma garrafa pequena de *bourbon* na mão. Gus bebeu um gole e engasgou-se, mas os seus ouvidos deram um estalo e voltaram a funcionar. As suas pernas ainda estavam pouco firmes, como se estivesse bêbedo que nem um cacho.

Ed, o Tumba, pegou outra vez na garrafa e meteu-a no bolso do seu sobretudo.

— Agora já queres colaborar? — perguntou ele a Gus.

— Não tenho por onde escolher — disse Gus.

— A atitude correta não é essa.

— Calma aí, Ed — advertiu o Coveiro. — Ainda precisamos desse rapaz. É ele que tem de nos levar lá dentro.

— É isso que eu quero dizer — respondeu Ed, o Tumba, olhando à sua volta. — Que raio de sítio para dar um golpe.

— Escolheram-no porque é bom para fugirem. Devem ter pensado que é difícil encurralá-los aqui.

— Já vamos ver isso.

Por cima passava a Ponte da Rua 155, que atravessava o Rio Harlem de Coogan's Bluff em Manhattan Island até à zona plana do Bronx onde se situava o Estádio Yankee. Os campos de polo erguiam-se na escuridão ao longo de uma faixa estreita entre o promontório escarpado e o Rio Harlem. Os pilares de ferro sob a ponte pareciam sentinelas fantásticas na escuridão impenetrável. Um ramal da linha ferroviária aérea do Bronx atravessava o rio ao longe, estabelecendo a ligação com a estação junto aos portões do Estádio.

Era uma zona escura, deserta, sombria de Manhattan, uma zona arrepiante que à noite não era patrulhada e se evitava, onde se podia cortar o pescoço a um homem num isolamento perfeito, sem que ninguém ouvisse os seus gritos, nem tivesse coragem para acudir se os ouvisse.

O Cadillac de Gus estava estacionado mesmo à frente de um enorme armazém que tinha sido convertido num Paraíso pelo Padre Divine[4]. A palavra «Paraíso» estava inscrita em enormes letras brancas de ambos os lados do telhado de empena, e só se via de cima da ponte. Fora posteriormente abandonado e estava agora envolto em escuridão.

— Não gostava nada de estar aqui sozinho — disse Jackson.

— Não te preocupes, pá, nós cobrimos-te — tranquilizou o Coveiro. Fechou o Cadillac de Gus e pôs as chaves na algibeira.

— Pronto, pá, põe o chapéu e toca a andar — disse Ed, o Tumba, a Gus.

Gus pegou no chapéu, endireitou-o e pô-lo na cabeça. A sua cara já estava tão inchada que tinha os olhos quase fechados.

— Porta-te como se não tivesse acontecido nada — ordenou o Coveiro.

— Não vai ser fácil — lamuriou-se Gus.

— É melhor fazeres a coisa como deve ser, pá, seja fácil ou não.

— Bom, chuis, vamos a isto — disse Gus.

Levou-os por uma viela estreita e escura ao lado do Paraíso abandonado até uma barraca de madeira na margem do rio. Estava pintada

---

[4] Fundador de uma seita religiosa com grande número de adeptos entre a população negra americana. [*N. da T.*]

de um verde-escuro, baço, mas à noite parecia prata. Do lado que se via do passeio, havia duas janelas com persianas e, à frente, uma porta pesada de madeira. Não se via luz nenhuma lá dentro; não se ouvia qualquer som que não fosse o ruído distante dos rebocadores que puxavam as barcaças de lixo pelo rio abaixo em direção ao mar.

Ed, o Tumba, empurrou Gus para a frente com a pistola. Gus bateu à porta, dando as pancadas combinadas. Bateu durante tanto tempo que Ed, o Tumba, ficou tenso. O leve estalido da pistola ao ser armada cortou o silêncio como um foguete a explodir, pregando um susto de morte a Jackson.

De repente, abriu-se um ralo na porta preta. Jackson teve a sensação de que o coração lhe ia saltar pela boca fora. Depois, deu consigo a olhar diretamente para um olho que o fixava através do ralo. Não conseguia vê-lo suficientemente bem para o reconhecer, mas o olho parecia falar-lhe.

Ouviram-se fechaduras a abrir e ferrolhos a serem corridos, e a porta abriu-se para fora. Agora Jackson já via perfeitamente o olho e o seu par. Uma cara mulata sensual surgiu na luz da porta. Era a cara de Imabelle. Fitava Jackson atentamente. Os seus lábios formaram as palavras: «Entra e mata-o, querido. Sou toda tua.» Depois recuou para o deixar entrar.

As palavras dela chocaram Jackson. Benzeu-se involuntariamente. Queria falar-lhe, mas não sabia onde tinha a voz. Olhou para ela com um ar suplicante, tentou engolir em seco sem conseguir e depois entrou.

Só havia uma divisão, aproximadamente do tamanho de uma garagem para dois carros. Havia duas janelas de persianas de cada lado e outra porta nas traseiras, que estava trancada. Fora provavelmente o escritório de um capataz ou vigilante de uma firma qualquer que em tempos funcionara no rio.

De um dos lados da porta das traseiras havia uma secretária grande de tampo chato e uma cadeira giratória. Havia duas cadeiras estofadas baratas, três cadeiras de madeira de costas direitas, cinzeiros de pé, uma mesinha de apoio com tampo de vidro, um armário de arquivo de metal e, num canto escuro, um cofre falso de cartão coberto com lona preta, deixando ver apenas a metade inferior da fechadura secreta, coisas evidentemente levadas para ali como adereços pelo bando de vigaristas. O objetivo era criar uma atmosfera de luxo e conforto para impressionar os tansos enquanto lhes davam a volta. A luz provinha de um candeeiro de pé entre as duas cadeiras de braços, uma lâmpada de teto com um globo de vidro e um candeeiro com *abat-jour* verde que estava em cima da secretária.

Olhando para lá de Imabelle, Jackson viu Hank sentado atrás da secretária, cuja cara mulata tinha um aspeto cadavérico sob a luz esverdeada do candeeiro da secretária.

Jodie estava sentado num banco portátil ao lado da porta das traseiras, com botas altas de atacadores e fato-macaco. O seu cabelo desfrisado estava cinzento de pó. A única coisa que lhe faltava era um burro tinhoso para criar a ilusão de que vinha a descer um caminho desde a montanha carregado de pepitas de ouro.

Slim estava sentado numa cadeira de costas direitas encostada na parede ao lado da secretária, vestindo por cima do fato um guarda-pó comprido de caqui semelhante aos dos cientistas loucos dos filmes de terror baratos. No peito estava bordada a inscrição «Ensaiador dos EUA».

Ao verem Jackson, sentaram-se os três muito direitos, olhando espantados.

Antes de alguém se poder mexer, o Coveiro pôs o pé nas costas de Gus e empurrou-o para dentro da cabana com tal força que ele voou pelo ar chocando de cabeça com as costas de Jackson. Jackson foi empurrado para a frente, para cima de Jodie, no momento em que este se ia levantar do banco. Jodie ficou imobilizado de encontro à parede.

Seguindo-o de perto, o Coveiro gritou:

— Tudo direito!

Ed, o Tumba, pôs-se à porta para não deixar passar ninguém, com a sua 38 pronta a disparar, e ecoou:

— Tudo quieto!

Slim levantou-se de um salto com as mãos no ar. Hank ficou paralisado com as mãos em cima da secretária. Momentaneamente protegido das armas dos detetives pelo corpo de Jackson, Jodie deu-lhe dois murros com força na barriga.

Jackson gemeu e agarrou Jodie pelo pescoço. Jodie deu-lhe uma joelhada na virilha. Jackson, ferido, recuou, caindo sobre Gus. Este segurou-o pelo ombro para evitar que ele caísse, mas Jackson pensou que Gus estava a tentar agarrá-lo e arrancou-se violentamente das suas mãos.

Furioso, Jodie sacou da navalha de ponta e mola e abriu um rasgão na manga do sobretudo de Jackson.

— Larga isso! — gritou o Coveiro.

Com os olhos vermelhos de dor e de raiva, Jackson deu um pontapé na canela de Jodie quando este puxou a navalha para trás para o atacar novamente.

Imabelle viu a navalha pronta a atacar e gritou:

— Cuidado!

O grito que lançou foi tão agudo que todos, exceto os dois detetives, se atiraram involuntariamente de mergulho. Até os nervos de aço do Coveiro se retraíram. O seu dedo apertou espasmodicamente o gatilho leve da sua pistola e o tiro ressoou na barraca pequena ensurdecendo toda a gente.

Gus mergulhara para a linha de fogo e a bala da 38 penetrou no seu crânio atrás da orelha esquerda saindo por cima do olho direito. Ao cair, moribundo, Gus tentou mais uma vez agarrar Jackson, mas este saltou para o lado como um cavalo assustado e Jodie engalfinhou-se com ele.

Jackson agarrou no pulso de Jodie e tentou atirá-lo na direção do Coveiro, mas Jodie tinha mais força e foi ele que fez Jackson recuar em direção ao Coveiro.

Aproveitando-se da confusão, Hank pegou num copo de ácido que tinha em cima da secretária. O ácido servia para demonstrar a pureza do minério de ouro, e Hank viu que era boa altura para o atirar aos olhos de Ed, o Tumba.

Imabelle viu e voltou a gritar:

— Cuidado!

Atiraram-se todos outra vez de mergulho. Jackson e Jodie chocaram acidentalmente de cabeça. Ao tentar esquivar-se, Slim pusera-se entre Ed, o Tumba, e Hank no preciso momento em que Hank atirou o ácido, e Ed, o Tumba, disparou o tiro. Parte do ácido salpicou a orelha e o pescoço de Slim; o resto acertou em cheio na cara de Ed, o Tumba. O tiro de Ed, o Tumba, foi disparado ao acaso estilhaçando o candeeiro da secretária.

Slim saltou para trás com tanta força que embateu violentamente na parede. Hank escondeu-se atrás da secretária por uma fração de segundo antes de Ed, o Tumba, cegado pelo ácido que o queimava e desvairado de fúria, descarregar a sua pistola, enchendo o tampo da secretária e a parede de balas da 38. Uma das balas atingiu um interruptor escondido, mergulhando a barraca na escuridão.

— Todos com calma — advertiu o Coveiro, gritando e recuando para a porta para impedir quem quer que fosse de fugir.

Ed, o Tumba, não sabia que as luzes estavam apagadas. Era um homem duro. Tinha de ser duro para ser um detetive negro no Harlem. Fechou os olhos tentando dominar a dor que o queimava, mas estava de tal maneira enraivecido que começou a dar mocadas à esquerda e à direita com a coronha da pistola.

Não percebeu que fora o Coveiro que recuara para cima de si. Sentiu apenas alguém ao seu alcance e deu uma cacetada na cabeça do Coveiro com tal violência que o deixou inconsciente. O Coveiro caiu no chão e no mesmo instante Ed, o Tumba, pôs-se a perguntar no escuro:

— Onde é que estás, Coveiro? Onde é que estás, homem?

Por um momento, a escuridão silenciosa encheu-se de uma confusão violenta. Os corpos entrechocaram-se numa corrida desesperada para a porta. Ouviram-se objetos a partirem-se e vidros a estilhaçarem-se quando o candeeiro de pé e a mesinha de apoio foram atirados ao chão e espezinhados.

Depois ouviu-se Imabelle gritar:

— Não nos cortes!

Uma voz enraivecida disse atabalhoadamente:

— Eu mato-te, minha filha da mãe, minha traidora!

Jackson atirou-se na direção da voz de Imabelle para a proteger.

— Onde é que estás, Coveiro? Fala homem! — berrou Ed, o Tumba, tateando na escuridão. Apesar da dor insuportável, o seu dever era em primeiro lugar para com o seu companheiro.

— Deixa-a em paz, não foi ela — disse outra voz.

Travou-se uma luta violenta entre Jodie e Slim. Jackson percebeu que um deles estava convencido de que ela os tinha denunciado à polícia e a queria matar. O outro protestava. Não conseguia perceber qual era qual.

Mergulhou na direção do som da briga, preparado para lutar contra os dois. Em vez disso, caiu nos braços de Ed, o Tumba. No momento seguinte, uma coronhada na cabeça deixou-o inconsciente.

— Estás magoado, Coveiro? — perguntou Ed, o Tumba, ansiosamente, tropeçando no corpo inconsciente do Coveiro, na escuridão. — Estás magoado, homem?

— Vamos embora daqui! — berrou Hank, saltando a correr para a porta.

Imabelle saiu a correr atrás dele. De repente, por acordo tácito, Slim e Jodie pararam de brigar para perseguir Imabelle. Mas, ao chegarem lá fora, onde se viam melhor, decidiram ajustar contas outra vez. Ambos tinham as navalhas abertas e começaram a atacar-se furiosamente um ao outro, mas cortando apenas o ar da noite.

Atrás da barraca, um barco a motor engasgou-se uma vez e depois outra. À terceira vez, o motor pegou. Jodie separou-se de Slim e correu à volta da barraca. Um momento depois, um barco com motor fora de borda arrancou ruidosamente pelo Rio Harlem fora.

Slim agarrou Imabelle pelo braço:

— Vamos, toca a pirar daqui, eles deixaram-nos — disse, puxando-a pela viela acima, em direção à rua.

De súbito, a noite encheu-se dos gritos das sereias de quatro carros-patrulha que se aproximavam do local. Um motorista que passara na Ponte da Rua 155 comunicou ter ouvido tiroteio no Rio Harlem e a polícia avançava como os tanques do General Sherman.

Para Ed, o Tumba, o ruído dos carros-patrulha pareceu a resposta a uma oração. A dor que o queimava como fogo tornara-se quase insuportável. Não tinha voltado a carregar a pistola com medo de dar um tiro na cabeça. Nesse momento, começou a soprar no seu apito de polícia como se tivesse enlouquecido. Soprou durante tanto tempo e com tanta força que acordou Jackson.

O Coveiro continuava inconsciente.

Ed, o Tumba, ouviu Jackson levantar-se ruidosamente e carregou rapidamente a pistola. Jackson ouviu o estalido das balas a entrarem no tambor e ficou todo arrepiado.

— Quem está aí? — intimou Ed, o Tumba.

A voz dele soara tão alto e tão bruscamente que Jackson teve um sobressalto e perdeu o pio.

— Raios! Fala ou dou-te um tiro que te desfaço — ameaçou Ed, o Tumba.

— Sou só eu, o Jackson, Sr. Johnson — conseguiu dizer.

— Jackson! Onde é que se meteu toda a gente, Jackson?

— Fugiram todos, menos eu.

— Onde é que está o meu companheiro? Onde é que está o Coveiro?

— Não sei. Não o vi.

— Talvez tenha ido atrás deles. Mas tu ficas onde estás, Jackson. Não te atrevas a dar um passo.

— Não, senhor. Posso ajudá-lo nalguma coisa?

— Não, raios, deixa-te só estar quieto. Estás detido.

— Sim, senhor.

Devia ter percebido, pensou Jackson. Os verdadeiros criminosos tinham fugido e ele era o único que tinha sido apanhado. Começou a aproximar-se lentamente da porta.

— És tu que te estás a mexer, Jackson?

— Não, senhor. Não sou eu — Jackson aproximou-se um pouco mais da porta. — Juro que não sou eu — aproximou-se mais um pouco. — Devem ser ratos debaixo do chão.

— Ratos, sim, ratos — resmungou Ed, o Tumba. — Vão ficar bem enterrados antes de isto acabar.

Através da porta aberta, Jackson via junto ao Paraíso abandonado do Padre Divine as luzes dos carros-patrulha moverem-se para trás e para diante, esquadrinhando a rua. Ouviu os motores gemerem, as sereias uivarem. Sentia a presença de Ed, o Tumba, atrás de si, acenando com a 38 armada, na escuridão total dos seus olhos cegos. O assobio agudo, insistente, do apito de Ed, o Tumba, foi arrancando uma a uma as camadas que protegiam os nervos de Jackson. Parecia que andavam os diabos todos à solta, cercando-o de todos os lados, e que ele estava entre a espada e a parede. Mais vale apanhar um tiro a fugir do que parado, decidiu ele. Pôs-se de rastos.

Ed, o Tumba, pressentiu o movimento.

— Ainda aí estás, Jackson? — berrou ele.

Jackson saltou pela porta aberta, aterrou de gatas e levantou-se a correr.

— Jackson, meu estupor! — ouviu Ed, o Tumba, berrar. — Santo Deus, não aguento isto muito mais tempo. Será que os filhos da mãe não ouvem? Jackson! — gritou ele a plenos pulmões.

Ouviram-se três tiros na noite e o longo clarão vermelho que saiu do cano da pistola de Ed, o Tumba, rasgou a escuridão. Jackson ouviu as balas atravessarem com estrondo as paredes de madeira.

Tomado pelo pânico, Jackson levantava e baixava os joelhos o mais que podia, procurando tirar maior velocidade das suas pernas negras curtas. O esforço fazia o suor sair-lhe pelos poros, bufar de calor, dissipava-lhe a força, perturbava-lhe o passo, mas não aumentava a sua velocidade. No Harlem diz-se que um homem magro não consegue estar quieto e que um homem gordo não consegue correr. Estava a tentar chegar ao outro lado do velho armazém de tijolo que fora convertido em Paraíso, mas parecia-lhe tão longínquo como a ressurreição dos mortos.

Atrás de si, ressoaram com estrondo na barulheira que o cercava mais três tiros, estimulando-o como um trapo preso à cauda de um cão.

Não conseguia pensar em mais nada a não ser numa velha canção popular que aprendera em rapaz:

Corre, preto, corre; senão, gatuno, vão-te apanhar;
Corre, preto, corre; e tenta escapar...

O seu pé escorregou numa poça de lama e Jackson voou de cabeça para cima do velho cais de embarque de madeira nas traseiras do Paraíso reconvertido, que não se via na escuridão. A sua boca almofadada embateu no bordo de uma prancha pesada como carne atirada para cima de um cepo de talho. Lágrimas de dor saltaram-lhe dos olhos.

Ao recuar, lambendo os lábios feridos, ouviu os passos dos polícias em tropel, que vinham do outro lado do Paraíso. Rastejou para cima do cais como um caranguejo desajeitado a fugir de uma tartaruga. À sua direita, bem perto, havia umas escadas, mas não as viu.

Por cima dele, a Ponte da Rua 155 pairava na noite escura, cheia de carros iluminados que abrandavam e paravam enquanto os ocupantes esticavam o pescoço para tentar perceber a causa daquela agitação.

Um rebocador solitário que puxava duas barcaças de lixo vazias descia o Rio Harlem para ir buscar lixo destinado ao mar. As suas luzes de sinalização vermelhas e verdes refletiram-se tremeluzentes no rio escuro.

Jackson sentia-se cercado por todos os lados; se os polícias não o apanhassem, apanhava-o o rio. Pôs-se em pé de um salto e recomeçou a correr. Os seus passos ressoavam como trovões sobre as pranchas de madeira podres. Uma prancha solta cedeu sob o seu pé e ele mergulhou para a frente, estatelando-se.

Um polícia que contornara o Paraíso pelo outro lado, vindo da rua, esquadrinhou a escuridão traçando um arco com a luz da sua lanterna. A luz passou sobre o corpo deitado de Jackson, uma figura negra sobre as pranchas negras, movendo-se ao longo da margem do rio.

Jackson pôs-se em pé e começou outra vez a correr. A velha canção popular continuava a martelar-lhe a cabeça:

Este negro corre, corre o mais que pode,
Enfiou a cabeça num ninho de vespas.

O eco enganador do rio e dos prédios refletia o som dos seus passos, levando os polícias a pensar que vinha da direção oposta. As suas lanternas apontavam para a parte de baixo do rio ao chegarem à barraca.

Jackson ouviu Ed, o Tumba, berrar:

— Aqui dentro, raios!

— Vamos já — ouviu responder imediatamente.

— Temos um tipo em fuga — ouviu gritar outra voz.

Mexia os pés o mais depressa que podia, mas levou tanto tempo a chegar ao fim do cais que tinha a sensação de que, a meio caminho, ficara com o cabelo completamente branco de velhice e mirrara.

Pelo canto dos olhos arregalados viu as luzes das lanternas da polícia apontarem rio acima, aproximando-se lentamente. E ele não tinha onde se esconder.

Subitamente chegou à borda do cais sem reparar e saiu borda fora. Ia a correr em cima de pranchas de madeira e quando deu por si estava a correr em cima do ar fresco da noite. No momento a seguir aterrava a derrapar numa poça de lodo. O chão fugiu-lhe debaixo dos pés tão depressa que deu uma cambalhota completa.

As luzes percorreram o cais por cima da sua cabeça, voltando para trás ao longo da margem do rio. Estava protegido pelo cais, escondido momentaneamente pelas sombras.

À sua esquerda viu uma passagem, uma abertura estreita entre as paredes de tijolo do Paraíso e as paredes de chapa ondulada do armazém contíguo. Ao fundo, à distância de outra vida, via-se um retângulo pequeno de luz onde a passagem desembocava na rua. Correu nessa direção, escorregou no lodo, amparou-se com as mãos e percorreu os primeiros dez metros de gatas.

Endireitou-se ao sentir o chão tornar-se mais firme debaixo dos seus pés. Estava numa passagem estreita; entrara nela tão depressa que ficou preso antes de se aperceber disso. Esbracejou e contorceu-se desvairado de pânico, como um Dom Quixote negro a lutar sozinho contra dois enormes barracões. Conseguiu voltar-se e correu de lado, como um caranguejo, na direção da rua.

A viela estava atulhada de latas, garrafas de cerveja, caixas de cartão ensopadas em água, bocados de caixotes de madeira e toda a espécie de lixo. As canelas de Jackson passaram um mau bocado; o seu sobretudo raspou pelas duas paredes enquanto ele empurrava o seu corpo gordo através da abertura estreita, correndo de lado, de uma maneira estranha, o pé direito atirado para a frente, o esquerdo a arrastar atrás.

Não conseguia tirar aquela porcaria de cantiga da cabeça. Era como um fantasma que o assombrasse:

O negro corria, o negro voava,
O negro ficou com a camisa rasgada.

— Capítulo 13 —

Quando Slim e Imabelle chegaram ao passeio, o primeiro carro da polícia vinha a subir a Oitava Avenida a mais de cento e cinquenta à hora, as sereias a tocarem estridentemente, a luz vermelha do tejadilho a acender e a apagar na noite como um demónio à solta.

O carro de Slim estava estacionado longe demais para lá poderem chegar. Experimentou o Cadillac de Gus, mas estava trancado. Felizmente, havia um táxi parado junto à berma do passeio, à frente do Cadillac.

Slim olhou para a Irmã de Caridade sentada no banco de trás e reconheceu a freira que lhe tinham apontado à frente dos Armazéns Blumstein como sendo um informador da polícia. Abriu a porta de repelão, saltou para dentro do táxi puxando Imabelle atrás de si.

— Isto é uma emergência — gritou ele para o motorista. — Para o Hospital Knickerbocker e depressa.

Voltou-se para a freira, explicando:

— A minha mulher bebeu veneno. Tenho de a levar para o hospital.

As queimaduras no pescoço e na cara de Slim eram do outro lado, mas Goldy reparara nas queimaduras de ácido no ombro do guarda-pó de caqui que ele tinha vestido e percebeu que também tinham andado a atirar ácido. Ouvira o tiroteio e pensara que tanto tiro por atiradores como o Coveiro e Ed, o Tumba, significava que tinha de estar alguém morto. Desejou apenas que não fosse Jackson, senão teria de arranjar uma maneira qualquer de sacar a mala sozinho. E isso ia ser difícil, porque Imabelle não sabia que ele era irmão de Jackson.

O mais importante nesse momento era não despertar as suspeitas deles.

— Confiai no Senhor — segredou ele numa voz roufenha, tentando parecer crédulo. — Não deixeis que o vosso coração se perturbe.

Slim lançou-lhe um olhar desconfiado, e por um momento Goldy receou ter exagerado. Mas Slim limitou-se a resmungar:

— Vamos ficar muito perturbados se não nos despacharmos.

Imabelle fugira sem o casaco e de repente teve um arrepio de frio. Antes de o táxi ter conseguido meter a segunda, um carro-patrulha cortou-lhes o caminho. Slim rogou uma praga. Imabelle pôs um braço à volta dos ombros de Slim e encostou a cabeça à cara dele para esconder as queimaduras do ácido. Dois polícias saltaram do carro, dirigiram-se para o táxi e projetaram a luz das lanternas sobre os ocupantes. Ao verem a Irmã de Caridade, fizeram respeitosamente a continência.

— Viu alguém passar aqui a correr, irmã? — perguntou um deles.

— Não passou ninguém por nós a correr — respondeu Goldy sem mentir, voltando-se para os seus companheiros. — Viram alguém passar?

— Eu não vi ninguém — confirmou Slim apressadamente, lançando a Goldy outro olhar perscrutador. — Nem vivalma.

Outros dois carros-patrulha pararam no meio da rua, atrás e à frente do táxi. Saíram quatro polícias a correr, mas os dois que estavam a interrogar os ocupantes do táxi fizeram-lhes sinal para que se fossem embora. Viraram-se indecisos, voltaram para os carros a correr e arrancaram ruidosamente em direção ao parque de estacionamento ao lado dos campos de polo.

— Para onde é que vocês vão? — perguntou o polícia a Goldy.

Goldy cruzou os indicadores por cima da cruz de ouro que tinha ao peito e disse piamente:

— Para o céu, o Senhor seja abençoado e tenha compaixão das nossas almas.

Os polícias pensaram que ele estava a cumprir um ritual cabalista qualquer e hesitaram. Mas Goldy vira o jovem motorista de cor voltar-se ligeiramente para trás e depois olhar outra vez para a frente, fixamente. Sentiu Slim a tremer no assento ao seu lado. Estava a tentar desesperadamente manter ali os polícias e ao mesmo tempo evitar que Slim repetisse a mentira de levar Imabelle ao hospital, porque bastava olhar para ela para perceber que estava sã que nem um pero.

— Talvez tenham ido por ali — acrescentou ele antes de os polícias poderem repetir a pergunta e traçando dois círculos com a cruz de ouro.

Os polícias olharam fascinados. Já tinham visto muitas seitas religiosas estranhas no Harlem e respeitavam a religião dos negros por ordem do Comissário. Mas esta freira tinha ar de adorar o demónio.

Por fim, um dos polícias respondeu num tom sério:

— Por onde?

— O caminho do pecador é difícil — disse Goldy. Os polícias trocaram um olhar.

— Vamos embora — disse o primeiro polícia.

O segundo polícia voltou a fitar atentamente Slim e Imabelle.

— Esses dois são seus discípulos, irmã? — perguntou.

De repente, Goldy meteu a cruz de ouro na boca e cuspiu-a.

— *Tomei o livrinho da mão do anjo e comi-o* — citou ele enigmaticamente. Sabia que a melhor maneira de confundir um polícia branco no Harlem era fazer citações imbecis da Bíblia.

Os polícias arregalaram os olhos. As suas bochechas incharam e ficaram muito vermelhas, tentando conter o riso. Levaram os dedos aos bonés respeitosamente e afastaram-se rapidamente. Estavam confusos, mas não desconfiados.

— Achas que ela está bêbeda? — perguntou um deles, suficientemente alto para o ouvirem do táxi.

O outro encolheu os ombros.

— Ou isso ou está pedrada.

Voltaram para o carro-patrulha, fizeram inversão de marcha com grande chiadeira de pneus e arrancaram ruidosamente na direção da selva de pilares debaixo da ponte.

Começava já a formar-se um aglomerado de gente que saía da escuridão como fantasmas semivestidos. O táxi arrancou outra vez. O motorista manobrou-o cuidadosamente entre os carros-patrulha.

— Acelera, filho da mãe! — disse Slim com ferocidade.

O motorista manteve a posição hirta da cabeça, mas o táxi aumentou de velocidade, descendo rapidamente a Oitava Avenida. Até a nuca do motorista parecia assustada.

— Chega-te para lá, irra! — praguejou Slim, empurrando Imabelle para o lado. — Estou a arder.

— Não me fales assim — disse ela, rebuscando na carteira.

— Se vais sacar de uma navalha... — começou Slim, mas ela interrompeu-o.

— Cala-te — passou-lhe um boião de creme para a cara. — Toma, põe isso nas queimaduras.

Slim desatarraxou a tampa e aplicou uma camada espessa de creme branco em cima das queimaduras do ácido.

— O Hank não devia ter feito isso — disse Imabelle.

— Cala a boca! — disse Slim num tom desagradável. — Não sabes que esta freira é um bufo?

Goldy sentiu Imabelle olhá-lo com curiosidade e inclinou a cabeça sobre o crucifixo de ouro como se estivesse absorto em meditação piedosa.

— Desconfias de toda a gente, tu — disse Imabelle a Slim. — Como é que ela pode saber do que nós estamos a falar?

— Se continuas a falar, vais-me obrigar a cortar-lhe o pescoço.

— Do que vocês gostam todos é de andar à facada.

— As atribulações acabaram — disse Goldy devotamente.

— O que vale é que ela está pedrada — murmurou Slim.

Uma ambulância subiu a rua com as sereias a tocar estridentemente. Ninguém voltou a falar até chegarem ao Hospital Knickerbocker. Slim mandou o táxi parar à frente da entrada principal, em vez de o fazer dar a volta e subir a rampa até à entrada das urgências. Saiu do carro atrás de Imabelle, pegou-lhe no braço e fê-la subir as escadas apressadamente sem se deter para pagar o táxi.

Goldy disse ao motorista que contornasse o quarteirão. Ao voltarem à entrada principal, Slim e Imabelle estavam a entrar para um outro táxi um pouco mais à frente. Goldy disse ao motorista que os seguisse. O motorista resmungou.

— Espero que a gente não se vá meter em nenhum sarilho, minha senhora.

— *Havia vinte e quatro anciãos* — citou Goldy, dando ao motorista um prognóstico para o número do dia. — Sabia que a maior parte das pessoas do Harlem acreditava que os religiosos eram capazes de olhar para o céu e descobrir o número que ia sair nesse dia sempre que quisessem?

O motorista percebeu a ideia. Voltou a cabeça para trás e fez um sorriso muito aberto à freira.

— Sim, senhora, vinte e quatro velhotes. Qual desses velhotes é que acha que cá vai chegar primeiro?

— Quatro anciãos conduzirão os outros vinte — disse Goldy.

— Sim, senhora.

O motorista decidiu apostar cinco dólares no quatrocentos e vinte em cada um dos quatro principais corretores do Harlem antes do meio-dia, ou não se chamasse ele Beau Diddley.

Seguiram Slim e Imabelle até o táxi deles parar à frente de um prédio degradado da Upper Park Avenue. Mas tinham-no seguido tão de perto que tiveram de o ultrapassar quando parou. Goldy encolheu-se todo no banco de trás para se esconder. Sabia que eles não tinham percebido que os seguira porque não o tinham tentado despistar, mas não sabia se teriam reconhecido o táxi ou não. Era um risco que tinha de correr.

Quando acabaram de dar a volta ao quarteirão, o outro táxi já se tinha ido embora. Goldy estudou a fachada do prédio, pensando se teria de lá ir dentro procurar o apartamento deles. Momentos depois, viu brilhar uma luz numa janela do terceiro andar antes de a cortina ser corrida. Isso bastou-lhe. Pediu ao motorista que o levasse à tabacaria da Rua 121.

Não viu Jackson em parte nenhuma. Goldy começou a ficar preocupado. Entrou na tabacaria, foi para o seu quarto das traseiras, acendeu o fogão de petróleo e preparou um chuto por cima da lamparina de álcool.

Dissera a Jackson que voltasse para ali no caso de surgir algum problema. Mas não tinha maneira de saber se Jackson estaria vivo ou morto. E era cedo demais para ir à esquadra perguntar. Se tivesse acontecido alguma coisa a Ed, o Tumba, ou ao Coveiro, os polícias brancos talvez lhe deitassem a mão também.

Quando a droga começou a excitar-lhe a imaginação, desatou a ver mortos por todo o lado. Mandou outro chuto para afastar os seus receios.

— Capítulo 14 —

Quando Jackson emergiu da passagem estreita, já se tinha juntado uma multidão na rua. Parecia um objeto expelido pelo Rio Harlem. Tinha o sobretudo rasgado, faltavam-lhe botões, tinha a manga retalhada, estava coberto de lodo negro, pingava lama viscosa, a sua boca estava inchada, os olhos vermelhos e parecia meio morto.

Mas o aspeto das outras pessoas não era muito melhor. O ruído do tiroteio e as sereias estridentes dos carros-patrulha tinham-nas arrancado da cama para ver qual seria a causa daquela agitação. Parecia uma batalha em grande, e os tiroteios, as facadas, a perspectiva de mortos e moribundos eram uma grande atração no Harlem.

A rua estava apinhada de homens, mulheres e crianças, enrolados em cobertores, dois e três sobretudos, pernas de pijamas a aparecerem por cima de galochas, toalhas enroladas à volta da cabeça, tapetes apanhados à pressa do chão. Ao lado dalgumas daquelas aparições, o aspeto de Jackson chegava a ser elegante.

A maior parte andava de roda do cordão da polícia que cortava a entrada para a viela do outro lado do Paraíso e que dava para a cabana onde se tinha verificado o tiroteio. Viam-se pescoços esticados, pessoas em bicos dos pés, outras às cavalitas a tentarem ver o que se estava a passar.

Apenas um homem embrulhado num cobertor amarelo muito sujo, como um casulo negro, é que viu Jackson esgueirar-se do buraco.

Vinham dois polícias a aproximar-se, por isso a única coisa que ele fez foi piscar-lhe o olho.

Os polícias observavam Jackson desconfiados e preparavam-se para o interrogar, quando surgiu uma briga entre a multidão do outro lado. Apressaram-se a juntar-se ao grupo de polícias de intervenção que convergiam nesse momento sobre os intervenientes da briga.

Jackson seguiu-os rapidamente, apertado pela multidão.

— Deixem os pretos lutar — ouviu alguém dizer.

— Basta uma luta e envolve-se tudo à pancada — disse outra pessoa.

— No Harlem são todos uns pistoleiros malvados, de qualquer maneira. Bastava-lhes terem alguns cavalos e algumas vacas e tornavam-se todos ladrões de gado.

Jackson não conseguia ver quem é que estava a brigar, mas continuou a furar entre a multidão, tentando passar despercebido.

Um homem olhou para ele e disse:

— Este tipo também andou a lutar. Com quem é que andaste à pancada, baixote, com a tua patroa?

Alguém se riu.

Jackson reparou que um polícia estava a observá-lo. Começou a mover-se noutra direção.

— Limparam um polícia — disse uma voz. — Foi isso que aconteceu.

A multidão correu novamente em direção ao cordão. A briga parecia ter sido dominada.

— Um polícia branco?

— Sim, pá.

— Vai haver trampa a voar por todo o Harlem esta noite.

— Podes ter a certeza!

Jackson furara até à orla da multidão e deu de caras com os dois polícias que tinham reparado em si primeiro.

— Eh! Tu aí! — gritou um deles.

Mergulhou outra vez para o meio da multidão. Os polícias começaram a abrir caminho, perseguindo-o. Subitamente, a atenção da multidão foi atraída pelo som de cães enraivecidos a rosnarem. Parecia uma matilha de lobos a lutarem por uma carcaça.

— Eh! Vejam isto! — berrou alguém.

A populaça precipitou-se em massa na direção do ruído dos cães a lutarem, arrastando Jackson para longe dos polícias que o perseguiam. Do outro lado do Paraíso, mesmo à frente da passagem por onde Jackson tinha escapado, estavam dois cães engalfinhados, abocanhando-se e rosnando cheios de baba, num combate furioso. Um era um Doberman do tamanho de um lobo enorme; o outro era um Grand Danois, grande como um pónei Shetland. Pertenciam a dois chulos que os andavam a passear na altura em que rebentara o tiroteio. Os chulos tinham de ir dar uma volta com eles duas ou três vezes por noite, porque os apartamentos em que viviam eram tão pequenos que os tinham de ter acorrentados o tempo todo, e os cães uivavam, não os deixando dormir. Tinham-nos soltado das coleiras para eles poderem correr. Os cães eram tão ferozes que se tinham engalfinhado assim que se viram.

Rolavam para trás e para diante no passeio, caindo na sarjeta e voltando a sair, com as presas a brilharem na semiobscuridade como se tivessem a boca cheia de facas. Os chulos fustigavam os cães em luta com as suas correntes de ferro. Outras pessoas dispersavam quando os cães rebolavam para perto de si.

— Aposto cinco dólares em como o cão preto põe o outro de rastos — disse um homem.

— Estás a gozar, pá? — replicou o outro. — Vê-se logo que o cão preto vai ganhar.

Os polícias esqueceram-se de Jackson por momentos para separarem os cães. Aproximaram-se cautelosamente de pistola em riste.

— Não mate o meu cão, senhor — suplicou um dos chulos.

— Eles não vão fazer mal a ninguém — acrescentou o outro chulo.

Os polícias hesitaram.

— Porque é que esses cães não têm açaime? — perguntou um dos polícias.

— Eles tinham açaime — mentiu o chulo. — Perderam-nos a lutar.

— A única maneira de os separar é com fogo — disse um dos espectadores.

— Esses cães precisam é de levar um tiro — retorquiu alguém.

— Quem é que tem um bocado de jornal? — perguntou o primeiro chulo.

Alguém correu para ir buscar um bocado de jornal a uma carroça de lixo que estava parada junto ao passeio um pouco mais acima. Era uma carroça delapidada, com os lados de cartão e as rodas empenadas, puxada por um cavalo sarnento, meio cego, de pernas bambas, que nunca mais havia de ver uma pastagem na vida. O dono, um ferro-velho, juntara-se à multidão à volta dos cães enraivecidos.

Um homem pegou num pedaço de jornal da pilha que o ferro-velho recolhera e voltou para trás a correr. Amarrotou-o para fazer um facho e houve outra pessoa que o ateou e o lançou para baixo dos cães que lutavam. À luz da chama que brilhou por momentos, viram-se as presas do Doberman abocanharem a garganta do Grand Danois. O polícia inclinou-se para a frente e deu uma coronhada na cabeça do Doberman.

— Não mate o meu cão — choramingou o chulo.

Jackson viu a carroça e dirigiu-se para ela, trepou para cima do assento, pegou nas rédeas de corda já a desfazer-se e disse:

— Arre, macho!

O cavalo esticou o pescoço sarnento e voltou a cabeça para olhar para Jackson. Não lhe estava a reconhecer a voz. Mas era míope demais para conseguir ver Jackson.

— Arre, macho! — disse Jackson outra vez, batendo nos flancos do cavalo com as rédeas de corda.

O cavalo endireitou o pescoço e começou a andar. Mas movia-se em câmara lenta, mexendo as pernas a cada passo como se voasse lentamente pelo ar.

Um polícia que Jackson ainda não tinha visto apareceu de súbito, fazendo-o parar.

— Tem estado aqui o tempo todo?

— Não, senhor. Acabei de chegar — disse Jackson, falando em dialeto para se fazer passar perante o polícia por um autêntico ferro-velho.

O polícia não tinha dúvidas a respeito de Jackson ser um ferro-velho. A única coisa que queria era informações.

— E não viu passar ninguém a correr que lhe parecesse suspeito?

— Ele chegou agora mesmo — disse o homem que vira Jackson emergir da passagem estreita entre os barracões. — Eu vi-o.

Era código no Harlem um irmão ajudar outro a mentir aos polícias brancos.

— Não falei contigo — disse o polícia.

— Não vi ninguém — disse Jackson. — Estava só aqui sentado a tratar da minha vida e não vi ninguém.

— E quem é que te bateu na boca?

— Dois rapazolas que tentaram roubar-me. Mas isso foi logo ao cair da noite.

O polícia estava irritado. Ficava irritado sempre que tinha de interrogar gente de cor.

— Deixa cá ver a tua licença — ordenou ele.

— Sim, senhor — Jackson começou a rebuscar os bolsos do casaco, metendo a mão num bolso e depois noutro. — Não a tenho aqui.

Um sargento gritou para o polícia.

— O que é que está aí a fazer com esse homem?

— Estou só a interrogá-lo.

O sargento olhou um momento para Jackson.

— Deixe-o lá. Venha cá ajudar-me a guardar esta entrada — apontou para a passagem por onde Jackson tinha escapado. — Temos um homem cercado ali algures e ele pode tentar fugir por aqui.

— Sim, meu sargento — o polícia foi guardar a entrada.

O amigo negro de Jackson piscou-lhe o olho.

— Esse cavalo está arrumado, não está?

Jackson olhou-o. Não podia arriscar-se a piscar-lhe o olho.

— Arre, macho! — disse ele incitando a pileca e chicoteando-lhe os flancos com as rédeas.

A pileca recomeçou a andar em câmara lenta, insensível às chicoteadas de Jackson. Nesse momento, o ferro-velho olhou da multidão para ver se os seus bens estavam seguros e viu Jackson a afastar-se na sua carroça. Olhou para Jackson como se não acreditasse no que via.

— Eh, pá! Mas aquilo é a minha carroça.

Era um velho vestido com roupas velhas e com o cobertor do cavalo a servir de xaile. Tinha um pano de lã preto enrolado à volta da cabeça como um turbante, sobre o qual estava poisado um chapéu esbambeado, cheio de nódoas. A carapinha branca que aparecia debaixo do turbante ligava-se aos pelos encarapinhados de uma barba branca, muito suja, manchada de suco de tabaco, por entre a qual espreitava uma cara preta enrugada e uns olhos lacrimejantes de velho. Os seus sapatos estavam embrulhados em sacos de juta atados com cordel. Parecia o Tio Tom, a dar as últimas no Harlem.

— Eh! — berrou ele para Jackson numa voz aguda e chorosa. — Essa carroça é minha!

Jackson chicoteou a garupa do cavalo, tentando escapar-se. O ferro-velho correu atrás dele com passos arrastados. Quer o cavalo quer o velho se moviam tão devagar, que Jackson teve a sensação de que o mundo inteiro abrandara e seguia a passo de caracol.

— Eh! Ele está-me a roubar a carroça!

Um polícia voltou-se para olhar para Jackson.

— Estás a roubar a carroça do homem?

— Não, senhor, é o meu pai. Ele já não vê bem.

O ferro-velho agarrou o polícia pela manga.

— Eu não sou teu pai e vejo suficientemente bem para perceber que me estás a roubar a carroça.

— Pai, você está bêbedo — disse Jackson.

O polícia baixou-se e cheirou o hálito do ferro-velho. Levantou imediatamente a cabeça a bufar.

— Fiú!

— Vá lá, suba para aqui, pai — disse Jackson, piscando o olho ao ferro-velho por cima da cabeça do polícia.

O ferro-velho conhecia o código. Jackson estava a tentar fugir e não era ele que o ia denunciar a um polícia branco.

— Não percebi que eras tu, filho — disse ele, trepando para o assento ao lado de Jackson.

O polícia encolheu os ombros e afastou-se repugnado. O ferro-velho pescou um bocado de tabaco de mascar da algibeira do casaco, soprou-lhe em cima para lhe tirar a porcaria, deu-lhe uma dentada e ofereceu-o a Jackson. Jackson recusou. O ferro-velho voltou a enfiar o tabaco no bolso, pegou nas rédeas de corda, sacudiu-as levemente e disse num gemido:

— Vamos, Jebusite.

Jebusite pôs-se a caminhar como se navegasse no espaço. O ferro-velho conduziu-o entre a vintena de carros-patrulha estacionados em todas as posições na rua, como tanques atolados num deserto.

Um pouco mais abaixo, estavam estacionados carros particulares, outros aproximavam-se, chegavam curiosos vindos de todas as direções. A notícia de que um polícia branco fora morto circulara pelas redondezas tão velozmente como um relâmpago.

O ferro-velho não disse nada até estarem a cinco quarteirões de distância. Depois perguntou:

— Foi você?

— Fui eu que quê?

— Que limpou o sebo ao chui?

— Eu não fiz nada.

— Então porque é que estava a fugir?

— Só não quero ser apanhado.

O ferro-velho compreendeu. Os negros do Harlem não queriam ser apanhados pela polícia quer tivessem feito alguma coisa quer não.

— Eu também não — disse ele.

Cuspiu um esguicho de suco de tabaco para a rua e limpou a boca com as costas da luva de algodão suja.

— Tem um dólar?

Jackson começou a tirar o rolo de notas, pensou que seria melhor não o fazer, desenrolou uma nota de dólar e deu-a ao ferro-velho.

O ferro-velho examinou-a cuidadosamente e depois fê-la desaparecer debaixo dos seus trapos. Na Rua 142, mesmo à frente da casa em que Jackson e Imabelle tinham vivido juntos, parou o cavalo, saiu da carroça e começou a vasculhar o monte de lixo.

Jackson pensou em Imabelle pela primeira vez desde que iniciara a sua fuga. Sentiu o coração dar um pulo, como se quisesse saltar-lhe pela boca.

— Eh! — gritou ele. — Quer levar-me à Rua 121?

O ferro-velho levantou a cabeça, segurando uma braçada de lixo.

— Tem outro dólar?

Jackson tirou do rolo outra nota de um dólar. O ferro-velho atirou o lixo para dentro da carroça, trepou para cima do assento, guardou o dólar e sacudiu as rédeas. A pileca avançou, flutuante. Seguiram em silêncio.

Jackson tinha a sensação de ter chegado ao fundo de um abismo. Fora espancado, esfaqueado, alvejado, esfolado, perseguido e humilhado. Tinha um galo na cabeça que provocava uma guinada de dor que lhe atravessava a cabeça como se lhe estivessem a espetar pregos, e os seus lábios inchados e magoados latejavam como tantãs.

Não sabia se Goldy teria descoberto a morada de Imabelle, se ela teria sido presa, se estaria morta ou viva. Nem sabia como é que ele próprio escapara vivo, mas isso não importava. Estava ali sentado numa carroça de lixo e não sabia nada. Tanto quanto sabia, naquele preciso momento a miúda dele podia estar a correr um perigo mortal. E o que era pior ainda, agora que a quadrilha sabia que a polícia andava a procurá-los, era que podiam fugir com o minério de ouro de Imabelle. Mas desde que não fizessem mal a Imabelle, ele não se importava.

As suas roupas estavam molhadas por fora por ter caído naquela poça, e molhadas por dentro por causa do que tinha suado. E sentia-se completamente gelado. Estava sentado a tremer de frio e de preocupação, e não conseguia fazer nada.

Viam-se negros a passar nos passeios escuros, esgueirando-se cautelosamente à frente das entradas escuras, perigosas, de cabeça baixa, todos eles com ar de terem problemas.

Os negros e os seus problemas, pensou Jackson, eram como duas mulas atreladas à mesma carroça.

— Está com frio? — perguntou o ferro-velho.

— Calor não tenho.

— Quer uma bebida?

— E onde é que ela está?

O ferro-velho pescou uma garrafa de bagaço de dentro das suas roupas esfarrapadas.

— Tem outro dólar?

Jackson tirou mais uma nota do rolo, deu-a ao ferro-velho, pegou na garrafa e levou-a à boca. Os seus dentes batiam no gargalo como castanholas. A bebida queimou-lhe a garganta e ferveu-lhe no estômago, mas não o fez sentir-se melhor.

Devolveu ao ferro-velho a garrafa meio vazia.

— Você tem mulher? — perguntou o ferro-velho.

— Tenho — disse Jackson num tom lamentoso —, mas não sei onde ela está.

O ferro-velho olhou para Jackson, olhou para a garrafa de bagaço e deu-a outra vez a Jackson.

— Fique com isso — disse ele. — Está a precisar mais do que eu.

— Capítulo 15 —

Goldy estava de pé no escuro, a espreitar através da porta envidraçada da tabacaria, quando Jackson desceu da carroça do lixo. Abriu a porta para Jackson entrar e depois fechou-a outra vez à chave.

— Descobriste onde é que ela está? — perguntou Jackson imediatamente.

— Vamos para o meu quarto para podermos falar.

— Falar? Para quê?

— Não faças barulho, homem.

Foram às apalpadelas na escuridão como dois fantasmas, invisíveis um para o outro. Jackson estava irritado com o tempo que perdiam. Goldy tentava pensar num sítio em que pudesse esconder o minério de ouro quando finalmente o conseguisse encontrar. Entretanto, acendeu a luz do quarto e fechou a porta por dentro com o cadeado.

— Para que é que estás a fechar a porta? — resmungou Jackson. — Ainda não descobriste onde ela está?

Antes de responder, Goldy deu a volta à mesa e sentou-se. A sua cabeleira postiça e a touca estavam em cima da mesa ao lado de uma garrafa de *whiskey* meio vazia. Com a cabeça preta redonda a espreitar da túnica preta enfunada, parecia uma escultura africana. Estava com tamanha pedrada que não parava de sacudir grãos de pó imaginários do fato.

— Descobri onde ela está, sim, mas primeiro tenho de saber o que é que se passou.

Jackson continuava de pé mesmo à entrada do quarto. Começou a ficar furioso.

— Goldy, abre esta porta. Já me basta sentir-me a dois passos da cadeia.

Goldy levantou-se para abrir a porta, com os ombros a tremerem do chuto.

— Que raio, senta-te e tem calma — resmungou ele. — Bebe um bocado desse *whiskey*. Estás a pôr-me nervoso.

Jackson bebeu da garrafa. Os seus dentes batiam com tanta força no gargalo que Goldy se assustou.

— Não me pregues sustos, homem. Pareces uma cascavel.

Jackson poisou ruidosamente a garrafa em cima da mesa e lançou a Goldy um olhar violento, exasperado.

— Cuidado, irmão, cuidado. Já aturei tudo o que tinha de aturar esta noite. Diz-me só onde é que está a minha miúda e eu vou buscá-la.

Goldy sentou-se outra vez e começou a polir o crucifixo com movimentos rápidos, bruscos.

— Primeiro conta-me o que aconteceu.

— Devias saber o que aconteceu, se sabes onde ela está.

— Ouve uma coisa, homem, assim só estamos a perder tempo. Eu não estava lá quando houve a zaragata. Estava sentado cá fora num táxi quando ela e o Slim apareceram, entraram no táxi e ele disse que ela era mulher dele, que tinha bebido veneno e que tinha de a levar ao Hospital Knickerbocker. Foram comigo no táxi até ao hospital, depois saíram, trocaram de táxi e foram para um sítio na Park Avenue onde estão a pernoitar. Segui-os e isso é a única coisa que eu sei. Agora conta-me tu o que aconteceu lá dentro da barraca para podermos decidir o que fazer.

Jackson começou a preocupar-se outra vez.

— Eles sabem que tu os seguiste?

— Como é que eu hei de saber? De qualquer maneira, o Slim não sabe, a não ser que a Imabelle lhe tenha dito. Ele estava com demasiadas dores para reparar no que fosse.

— Também apanhou com aquilo nos olhos?

— Não, só no pescoço e na cara.

— E suspeitaram de ti?

— Não sei. Deixa-te de perguntas e diz-me o que sabes.

— O que eu sei não importa se eles souberem que tu os seguiste. Porque por esta altura o Slim já há de estar longe do sítio onde estava, se ainda conseguir ver.

— Ouve, pá — disse Goldy, tentando não perder a paciência. — Aquela mulher é uma espertalhona. O mais certo é ela saber que eu a segui. Mas isso não quer dizer que vá dizer ao Slim. Depende da jogada dela. Uma coisa é certa, ela trocou-te por outro. Disso podes ter a certeza.

— Tenho a certeza de que ela não fez uma coisa dessas — insistiu Jackson teimosamente.

— Não tens, não, senhor. E ninguém sabe se ela não estará já pronta para trocar o Slim por outro.

— Isso não é verdade.

— Pronto, teimoso, está bem. Pensa o que quiseres. Não tarda sabemos, quando finalmente te decidires a contar-me o que aconteceu lá na barraca.

— Bem, o Coveiro deu um tiro na cabeça do Gus, e o Hank atirou ácido para os olhos do Tumba... Foi assim que o Slim também apanhou com o ácido. Depois as luzes apagaram-se e houve uma data de tiros e pancadaria às escuras. Alguém tentou dar uma facada na Imabelle. Eu levei uma cacetada e perdi os sentidos quando tentei chegar ao pé dela para a ajudar. E quando finalmente acordei, já se tinham ido todos embora.

— Com mil raios! Também mataram o Coveiro?

— Não sei. Quando acordei, ele estava deitado no chão... Pelo menos, penso que era ele... E só lá estava eu e o Tumba. Estava completamente louco de dor, cego, com a pistola carregada, pronto a disparar se ouvisse alguma coisa mexer. Só Deus sabe como é que consegui sair de lá vivo.

Goldy levantou-se bruscamente e pôs a cabeleira e a touca. De repente estava cheio de pressa.

— Ouve, temos de trabalhar depressa agora, porque deve andar a polícia toda aqui do Harlem atrás dos tipos.

— É isso que eu te estou a dizer há que tempos. Vamos embora.

Goldy parou o tempo suficiente para lhe lançar um olhar furioso.

— Espera um minuto, homem. Que raio! Não podemos sair daqui de tanga.

Levantou o colchão do divã e tirou de lá um Frontier Colt de aço azulado.

— Santo Deus! E tu tinhas uma coisa dessas aí o tempo todo?! — exclamou Jackson.

— Vai ali ao canto buscar aquele bocado de cano e não faças tantas perguntas.

Jackson meteu a mão no meio das caixas de cartão e tirou um bocado de tubo de ferro de uma polegada com cerca de um metro. Uma das extremidades estava envolta em fita isoladora preta para servir de pega. Ergueu-o no ar uma vez para o experimentar, mas não disse nada.

Goldy enfiou a 45 nas pregas da sua túnica de Irmã de Caridade. Jackson escondeu a moca artesanal debaixo do sobretudo molhado e roto. Goldy apagou a luz e fechou a porta a cadeado. Percorreram a loja na escuridão em direção à porta da entrada, como dois fantasmas armados para o que desse e viesse.

Nevava ligeiramente quando saíram para a rua. Os flocos de neve brancos ficavam cinzentos ao caírem na rua escura.

— Temos de arranjar uma maneira qualquer de levar a mala dela — disse Goldy.

Um gato preto esgueirou-se furtivamente para debaixo de um caixote molhado cheio de lixo. Goldy deu-lhe um pontapé, maldosamente. Jackson fez um olhar reprovador.

— Vamos ver se arranjamos um daqueles táxis DeSoto grandes.

— Usa os miolos, homem. Já deve andar tanta gente atrás daquele minério de ouro que até no fundo do rio o encontram.

— Talvez a gente consiga encontrar a carroça do ferro-velho em que eu vim para casa.

— A saída também não é essa. O que tu tens de fazer é roubar a carrinha funerária do teu patrão.

Jackson estacou e olhou para Goldy.

— Roubar a carrinha dele?! Ela não está morta, não?

— Raios, homem! Hás de ser burro toda a vida. Não, ela não morreu. Mas temos de arranjar uma maneira qualquer de levar a mala dela.

— Queres que eu vá roubar a carrinha do Sr. Clay para levar a mala?

— Já roubaste uma quantidade de coisas, para que é que hás de estar tão atrapalhado com a ideia de roubar a carrinha? As chaves já tu tens.

Jackson enfiou a mão no bolso. As chaves do carro funerário e da garagem onde o costumavam guardar estavam presas a uma corrente de ferro que, por sua vez, estava presa ao cinto das calças.

— Andaste a rebuscar os meus bolsos enquanto eu dormia.

— E o que é que isso tem? Não tens nada que valha a pena roubar. Vá, vamos embora.

Subiram a Sétima Avenida em silêncio, penosamente. Quase todos os bares estavam fechados. Mas ainda havia pessoas na rua, cabeças encolhidas para dentro de golas levantadas e enfiadas em chapéus com as abas puxadas para baixo, como pessoas sem cabeça. Entravam e saíam de prédios onde toda a espécie de estaminés continuava a funcionar fora de horas, onde decorriam festas animadas com entrada paga para juntar dinheiro para a renda, onde as prostitutas exerciam o seu ofício e onde os jogadores se enchiam à custa dos pacóvios.

Ainda havia trânsito na Avenida, camionetas e autocarros que se dirigiam para o Norte, atravessando a Ponte da Rua 155, subindo a Saw Mill River Parkway em direção a Westchester County ou para mais longe. Carros e táxis passavam a grande velocidade, paravam de repente, entravam e saíam pessoas, os carros ficavam e os táxis partiam outra vez.

Carros-patrulha de faróis vermelhos andavam de um lado para o outro como percevejos furiosos, parando com grande chiadeira de pneus; os polícias saltavam para o passeio a trote, prendendo todos os tipos de ar suspeito, para identificação. Um meliante negro tinha atirado ácido para os olhos de um detetive negro e, enquanto houvesse negros, eram os negros que iam pagar.

Disfarçado de Irmã Gabriel, Goldy caminhava pesadamente ao longo da rua lamacenta como uma santa cansada, segurando o crucifixo de ouro à sua frente como um escudo, todo dobrado para um lado para esconder o enchumaço protuberante da 45.

Jackson seguia ao seu lado, segurando o bocado de cano debaixo do casaco sujo.

Uma rapariga meio bêbeda que vinha a sair de um estaminé olhou para eles e disse ao negro alto que a acompanhava:

— Ele é mesmo parecido com a irmã, não é?

— Baixos, pretos e atarracados — disse o homem alto.

— Chiu! Não fales assim de uma freira.

Nenhum polícia os mandou parar, ninguém lhes fez mal. A túnica preta e o crucifixo de ouro de Goldy eram um disfarce seguro.

A garagem ficava na mesma rua que a agência funerária, à distância de meio quarteirão. Ao chegarem à Rua 133 viraram para a Lenox Avenue e voltaram novamente à Rua 134 para que ninguém os visse.

Jackson abriu a porta com a chave e entrou à frente.

— Fecha a porta — disse ele a Goldy, procurando o interruptor às apalpadelas.

— Para quê, homem? Não precisas de luz. Mete-te na carrinha e tira-a para a rua.

— Tenho de mudar de roupa. Estou gelado.

— Tens mais desculpas do que Lázaro — resmungou Goldy fechando a porta. — Não temos a noite toda.

— Não és tu que estás gelado — disse Jackson irritado, tirando as ceroulas húmidas, manchadas de preto porque o seu fato tinha debotado, e vestindo um uniforme cinzento velho e um sobretudo que estavam pendurados num prego, e pondo na cabeça o boné novo de motorista que tirou de uma caixa de ferramentas.

Quando se voltou para entrar para o assento do motorista, reparou que a parte de trás da carrinha estava cheia de acessórios funerários. Era um Cadillac de 1947 que fora em tempos uma ambulância. Agora era sobretudo utilizado para ir buscar os corpos que seriam embalsamados, servindo também de camioneta de carga. Essa, sobre a qual eram transportados os caixões, estava meio escondida debaixo de uma pilha de panos pretos que serviam para cobrir o pódio durante os funerais, de pedestais de gesso para candeeiros e flores, coroas de flores artificiais, e um balde meio cheio de óleo de motor tirado de uma das limusinas.

Jackson abriu as portas de trás da carrinha, tirou o óleo e começou a descarregar as outras coisas.

— Deixa estar essa tralha — disse Goldy. — Com essas demoras todas até parece que não te ralas com o que possa acontecer à tua miúda.

— Tenho mais pressa do que tu — defendeu-se Jackson. — Estava só a arranjar espaço para a mala.

— Pomos a mala em cima disso. Vá, homem, vamos a despachar.

Jackson fechou ruidosamente as portas de trás da carrinha, dirigiu-se para a parte da frente e sentou-se ao volante. Ligou a ignição, leu por hábito as instruções do *tablier* e disse a Goldy que apagasse a luz e abrisse a porta. Pôs o motor a trabalhar e saiu em marcha-atrás para a rua, indo direito a um carro-patrulha.

O polícia que ia ao volante parou o carro. Olharam da freira para o condutor e saíram do carro muito deliberadamente, um de um lado, outro do outro. Movendo-se com a mesma deliberação, Goldy fechou a porta da garagem à chave, pensando rapidamente. Decidiu que os polícias estavam só a meter o nariz; de qualquer maneira, tinha de se arriscar. Dirigiu-se para os polícias, tocando no crucifixo.

Jackson olhou para os polícias, sentindo o suor escorrer-lhe da cara para as mãos e pelo pescoço abaixo.

— Vai acompanhar esse carro funerário, irmã? — perguntou um dos polícias, levando a mão ao boné respeitosamente.

— Vou, sim, ao serviço do Senhor — disse Goldy devagar no seu tom mais devoto. — Para levar o que resta daquele que sofreu o dano da primeira morte, louvado seja o Senhor, para esporar no rio eterno até que sofra o dano da segunda morte.

Os dois polícias olharam para Goldy intrigados.

— Para ir buscar um morto, é o que quer dizer?

— Sim, senhor, para recolher os restos mortais daquele que sofreu o dano da primeira morte.

Os polícias trocaram um olhar. O outro aproximou-se de Jackson e iluminou-lhe a cara com a luz da lanterna. A cara suada de Jackson brilhava como um bocado de carvão polido. O polícia inclinou-se para lhe cheirar o hálito.

— Este condutor parece-me bêbedo. Cheira a *whiskey*.

— Não, senhor, não estou bêbedo — negou Jackson. Só estava assustado, mas o polícia não o sabia. — Tomei uma bebida, mas não estou bêbedo.

— Saia daí — ordenou o polícia.

Jackson saiu, movendo-se com todo o cuidado com o bocado de cano escondido debaixo do casaco, como se os seus ossos fossem feitos de vidro.

— Ande a direito até àquele poste — ordenou o polícia, apontando para um candeeiro do outro lado da rua.

Para distrair os polícias, Goldy citou numa voz roufenha:

— *E subjugou o dragão...*

Os polícias voltaram-se para olhar para ele.

— O que é que disse, irmã?

— *A Serpente antiga que é o Demónio, Satanás, e acorrentou-o por mil anos* — citou Goldy.

Por essa altura Jackson já tinha chegado ao poste do candeeiro. Mas a finta de Goldy fora desnecessária. Para impedir que o cano lhe fugisse de debaixo do casaco, Jackson caminhara direito que nem um fuso, ao longo de uma linha tão reta como o trajeto de uma bala. Mas o suor escorria-lhe entre as pernas.

— Parece-me sóbrio — disse o primeiro polícia.

— Sim, parece bastante firme — concordou o segundo polícia.

Nem um nem outro o tinham visto andar.

— Entra lá, rapaz, e leva a freira na sua missão de caridade.

— É muito tarde para ir buscar um morto — observou o primeiro polícia.

— Ninguém pode escolher a hora da sua primeira morte — retorquiu Goldy. — São levados quando o carro do Senhor os vai buscar, seja cedo ou tarde.

O polícia sorriu.

— Todos nós temos de ir quando o carro chega. Não é isso que dizem aqui no Harlem?

— É, sim, o carro do Senhor.

— De quem é o corpo?

— Agora já não pertence a ninguém — disse Goldy. — Nós só o vamos buscar e enterrar.

Os polícias estavam fartos de ouvir os disparates da freira. Encolheram os ombros, voltaram para o carro-patrulha e foram-se embora.

— Capítulo 16 —

Olhando para Este do alto das torres da Igreja de Riverside, situada entre os edifícios da universidade sobre as margens elevadas do Rio Hudson, vê-se ao fundo um vale em que ondas de telhados cinzentos deformam a perspetiva como a superfície de um mar. Sob a superfície, nas águas escuras das habitações fétidas, existe a cidade dos negros, agitados pelas convulsões das suas vidas desesperadas, no rebuliço voraz de milhões de piranhas esfomeadas. Bocas cegas a comerem as suas próprias entranhas. Quando se lá enfia a mão, fica-se sem ela.

O Harlem é isso.

A zona para Este da Sétima Avenida até ao Rio Harlem chama-se Valley. As habitações apinhadas de gente estendem-se numa sordidez deprimente. Os ratos e as baratas competem com os cães e os gatos sarnentos por ossos roídos pelos homens.

O apartamento em que Slim e Imabelle viviam ficava na Upper Park Avenue, entre as Ruas 129 e 130. Essa parte do Valley chamava-se o Fundo Fuliginoso do Caixote do Carvão.

O viaduto da Linha Central de Nova Iorque, que deixa o túnel subterrâneo na Rua 95 vindo da estação de Grand Central, passa por cima da estação da Rua 125, e segue ao longo do eixo da rua em substituição de placas ajardinadas na zona baixa da cidade que deu o nome à Avenida.

Converge para o viaduto da linha aérea da Terceira Avenida, percorrendo em seguida uma curva e atravessando o Rio Harlem em direção ao Bronx e ao resto do mundo.

No Harlem, a Park Avenue é ladeada por prédios degradados, que se erguem entre depósitos de ferro-velho, barracões velhos, fábricas, garagens, lixeiras onde os jovens delinquentes espertalhões cultivam marijuana.

É uma rua esburacada pelas camionetas, uma rua de violência e perigo, conhecida no mundo do crime pelo nome de Balde de Sangue. Se vires um homem deitado na sarjeta, deixa-o, pode estar morto.

Os dois negros gordos vestidos de preto que seguiam lentamente no carro funerário faziam parte da noite arrepiante. O velho motor Cadillac, em excelente estado de conservação, ronronava suavemente como um gato. A neve caía levemente através das luzes ténues.

— É ali — disse Goldy, apontando.

Jackson olhou para uma porta ao lado de uma loja de peles com as montras sujas e partidas. Uma cabeça de boi traçada fitou-o com os seus olhos de vidro mal acasalados. Ficou com pele de galinha. Tinha chegado ao seu destino e estava tão assustado que não sabia se havia de estar contente ou arrependido.

— Estaciona aqui mesmo — disse Goldy. — Não faz diferença.

Jackson parou o carro funerário e apagou as luzes. Uma camioneta passou ruidosamente na rua, em direção ao Mercado do Harlem para lá da Rua 116, deixando atrás de si uma escuridão maior. Jackson e Goldy olharam para cada lado da rua deserta. Jackson sentiu-se todo arrepiado.

— Eles conseguem ver-nos? — perguntou.

— Se não estiverem a olhar, não nos veem.

Não era isso que Jackson queria dizer, mas não argumentou. Meteu a mão dentro do casaco para pegar no cano de ferro.

— Ainda não são horas para usares a tua moca — advertiu Goldy.

Jackson estava com relutância em sair da carrinha.

— Vou deixar o motor a trabalhar — disse ele.

— Para quê? Queres que ta roubem?

— Ninguém vai roubar um carro funerário.

— O que é que estás para aí a dizer? Esta gente é capaz de roubar os olhos de um cego.

Goldy desceu silenciosamente para o passeio. Jackson respirou fundo e seguiu-o. Atravessaram o passeio, entraram num corredor estreito e comprido iluminado por uma lâmpada coberta de porcaria de mosca. As paredes caiadas estavam cheias de *graffiti*. Sexos enormes pendiam de torsos anãos grosseiramente desenhados como frutos grotescos. Alguém tinha desenhado um casal nu a copular. Outros tinham dado a sua contribuição. Agora era um mural.

Era um corredor comprido, que se perdia na escuridão. Ao fundo, umas escadas íngremes desapareciam no negrume. Goldy ia à frente, em bicos dos pés, a bainha da túnica preta varrendo o chão sujo. Subiu silenciosamente as escadas de madeira e desapareceu tão depressa no escuro que Jackson ficou com os cabelos em pé. Jackson seguiu-o, o seu corpo gordo coberto de suor gelado. Tirou outra vez o cano para fora, segurando pela extremidade envolta em fita isoladora. Os patamares escuros cheiravam a urina cediça e porcaria ignorada.

Goldy subiu até ao terceiro andar, percorreu o patamar até à porta da frente. Quando Jackson chegou ao pé dele, viu o brilho azulado do revólver de Goldy na escuridão.

Goldy bateu levemente na porta castanha miserável, uma vez, depois três pancadas rápidas, mais uma vez, e mais duas pancadas rápidas.

— Isso é um sinal? — perguntou Jackson, baixinho.

— Como é que hei de saber? — retorquiu Goldy, também a segredar.

Foram acolhidos por um silêncio total.

— Talvez eles se tenham ido embora — segredou Jackson.

— Havemos de descobrir não tarda.

— E depois o que é que fazemos?

Goldy fez-lhe um gesto para que se calasse, voltou a bater, levemente, mudando o sinal.

— Para que é que estás a fazer isso se não sabes qual é o sinal?

— Estou a ver se os confundo.

— Achas que está lá alguém do Slim?

— O que é que isso me rala? Desde que o ouro lá esteja.

— Talvez eles o tenham levado.

Goldy esperou e voltou a bater, levemente, fazendo outro sinal. Do outro lado da porta, uma voz prudente perguntou:

— Quem está aí?

Parecia uma voz de mulher a falar com a boca quase encostada à madeira. Goldy espetou o cano do revólver nas costelas de Jackson, fazendo-lhe sinal para que respondesse à voz. Mas Jackson apanhou tal susto que saltou como um cavado selvagem, fazendo voar o cano que foi bater na porta com um estrondo e que, no patamar silencioso e escuro como breu, pareceu um tiro.

— Quem está aí? — perguntou uma voz aguda de mulher em pânico.

— Sou eu, o Jackson. És tu, Imabelle?

— Jackson! — disse a voz espantada. Parecia nunca ter ouvido falar em Jackson.

Reinou o silêncio.

— Sou eu, querida. O teu Jackson.

Passado um momento, a voz perguntou desconfiada:

— Se és o Jackson, qual é o primeiro nome do teu patrão?

— Hosea. Hosea Exodus Clay. Sabes tão bem como eu, querida.

— Que grande burro — resmungou Goldy consigo mesmo.

Ouviu-se uma chave dar a volta na fechadura, depois outra, e um ferrolho a correr. A porta abriu-se uma nesga, presa por uma corrente. Um candeeiro de teto brilhava no quarto miserável. Jackson enfiou a cara preta brilhante na nesga de luz.

— Oh, querido! — Imabelle soltou a corrente e a porta abriu-se, escancarada. — Santo Deus, como estou contente por te ver!

Jackson só teve tempo para ver que ela tinha um vestido encarnado e um casaco preto antes de ela lhe cair nos braços. Cheirava a brilhantina queimada, a mulher fogosa e a perfume barato. Jackson abraçou-a, segurando o cano de ferro de encontro à espinha dela. Ela retorceu-se de encontro à barriga gorda dele e colou a boca pintada aos lábios secos dele.

Depois Imabelle recuou.

— Santo Deus, paizinho, pensei que nunca mais vinhas.

— Vim assim que pude, querida.

Ela segurou-o de braços estendidos, olhou para o cano que ele tinha ainda na mão, depois para a cara dele e leu-o como um livro aberto. Passou a ponta da língua vermelha, devagar, entre os seus lábios cheios, macios, sensuais, deixando-os vermelhos, muito brilhantes, e olhou-o diretamente com os seus olhos vidrados, pintalgados, de quarto de cama. Ele caiu que nem um pato.

Ao voltar novamente à tona, olhou-a também, excitado de paixão, o seu corpo negro completamente eletrizado. Estava pronto! Absolutamente pronto para cortar pescoços, esmagar cabeças, fintar a polícia, roubar carros funerários, beber água suja, viver num tronco escavado e correr qualquer risco, por mais diabólico que fosse, para estar novamente nos braços da sua mulata adorada.

— Onde é que está o Slim? Vou fazer-lhe os miolos em papa, Deus me perdoe — disse.

— Não está cá. Saiu agora mesmo. Entra, depressa. Não tarda que ele volte.

Quando Jackson entrou no quarto, Goldy seguiu-o.

Encostada a uma parede, havia uma cama velha de casal, de ferro, pintada de branco, com a roupa puxada para trás, deixando ver os lençóis manchados e duas almofadas com dois círculos cinzentos gordurosos da brilhantina do cabelo. De encontro à outra parede estava um sofá com duas molas a aparecer através do estofo esverdeado já meio podre. Ao fundo havia uma salamandra em cima de uma chapa ferrugenta. De um dos lados havia uma caixa de madeira para guardar o carvão, do outro uma porta que dava para a cozinha. Uma mesa redonda com o tampo riscado e uma cadeira de três pés com as costas direitas dominavam a parte central do soalho nu. O quarto estava a abarrotar. Com os três lá dentro, ficou a transbordar.

— O que é que ela veio cá fazer? — perguntou Imabelle, lançando um olhar espantado a Goldy.

— É o meu irmão. Veio ajudar-me a levar-te daqui.

Imabelle olhou para o revólver grande que Goldy tinha na mão. Os seus olhos ficaram muito abertos e os seus lábios estremeceram, mas não pareceu surpreendida.

— Vocês vieram mesmo preparados para caça grossa.

— Não podemos vir à rapazinho para fazer um trabalho de homem — disse Goldy.

Imabelle olhou para Goldy atentamente.

— Ele parece mesmo a freira que veio no carro comigo e com o Slim.

— E sou — Goldy sorriu, mostrando os seus dois dentes de ouro. — Foi assim que descobri onde é que vocês estavam. Segui-vos.

— E esta? A fazer-se passar por freira. Não há dúvida de que cada um tem o seu negócio, hã?

Quem viu a mala primeiro foi Goldy. Estava ao fundo do sofá, escondida de Jackson pela mesa.

— O que é que eles te fizeram, querida? — perguntou Jackson, preocupado.

De repente, Imabelle ficou cheia de pressa.

— Não temos tempo para falar, paizinho. O Slim foi procurar o Hank e o Jodie. Vêm cá buscar o meu minério de ouro. Tens de salvar o meu minério, paizinho.

— É para isso mesmo que aqui estou. Diz-me só onde está.

Jackson espreitou através da porta para a cozinha. A única coisa limpa no apartamento era o chão da cozinha. Ainda estava molhado de uma lavagem recente.

— Não é aí que ela está — disse Goldy, apontando para a mala.

— Ainda bem que vieste, paizinho! — repetiu Imabelle, muito alto, dando a volta à mesa para ir buscar a carteira debaixo da almofada.

— Não te preocupes, que eu salvo o teu ouro, querida. Trouxe o carro funerário.

— O carro funerário! Do Sr. Clay?

Aproximou-se da janela da frente e espreitou através dos estores corridos. Quando se voltou outra vez, estava a rir-se.

— E esta, hã?

— Foi a única coisa que conseguimos arranjar para o levar — disse Jackson na defensiva.

— Então toca a pegar na mala e vamos, paizinho. Conto-te tudo pelo caminho.

— Aqueles safados não te fizeram mal, não?

— Não, paizinho, mas não temos tempo para falar nisso agora. Temos de pensar num sítio para esconder a mala. Eles vão procurá-la por toda a parte.

— Não podemos levá-la para casa — disse Jackson. — A senhoria pôs-nos na rua.

— Vamos guardá-la no meu quarto — disse Goldy. — Tenho um quarto onde ninguém a há de encontrar. Lá, fica segura, não fica, pá?

— Eu penso num sítio qualquer — disse Jackson evasivamente.

Não tinha a menor intenção de deixar Goldy deitar a mão àquela mala cheia de minério de ouro.

— Que mal é que tem o meu quarto?

— Não temos tempo para discutir — disse Imabelle. — Não tarda que o Slim esteja aí com o Hank e o Jodie.

— Não estamos a discutir — argumentou Goldy. — Já sei qual é o sítio melhor para a esconder.

— Guardamo-la no depósito da estação — disse Imabelle, quando a ideia lhe ocorreu subitamente. — Mas, por amor de Deus, despachem-se. Não temos tempo a perder.

Jackson meteu o cano debaixo do braço e deu a volta à mesa para pegar na mala. Goldy enfiou a 45 dentro da túnica preta puída e olhou para Jackson com um ar pesaroso.

— Quanto mais velho estás, mais burro ficas, pá — disse ele com um ar desolado.

Imabelle olhou de um para o outro e tomou uma decisão súbita.

— Leva-a para o quarto do teu irmão, paizinho. Assim fica segura.

Goldy e Imabelle trocaram um olhar.

— Eu espero por vocês no carro — disse ela.

— Vamos mesmo atrás de ti — disse Jackson, erguendo o seu lado da mala.

Goldy levantou o outro lado. Cambalearam sob o peso da mala, passaram com dificuldade entre a mesa e o sofá, empurrando a mesa para o lado, e inclinaram-na para passar pela porta estreita.

Ouviram o toque-toque rápido dos saltos de Imabelle a descer as escadas de madeira.

— Vai tu à frente — disse Goldy.

Jackson voltou-se de costas para a mala, pegou num dos cantos de baixo com cada mão, deixando o peso apoiar-se sobre as costas e desceu as escadas íngremes à frente, sentindo as pernas ceder em cada degrau.

As costas do seu casaco estavam encharcadas de suor quando chegaram ao passeio. O suor escorria-lhe para os olhos, cegando-o. Atravessou o passeio até à parte de trás do carro funerário quase às apalpadelas, segurou a mala com uma das mãos e, abrindo as portas duplas com a outra, empurrou para o lado parte da tralha que lá estava dentro, e içou a sua ponta da mala para cima. Depois afastou-se e ajudou Goldy a empurrar a mala para dentro do carro.

A mala ia entre as duas janelas laterais, bem à vista, como um caixão serrado para servir a um homem sem pernas.

Jackson fechou as portas e contornou o carro funerário para se ir sentar ao volante, Goldy deu a volta pelo outro lado. Olharam um para o outro por cima do assento vazio.

— Onde é que ela se meteu? — perguntou Jackson.

— Como é que eu hei de saber onde ela se meteu? Tu é que andas com ela, não sou eu.

Jackson examinou a rua escura. Ao fundo, do outro lado, quase ao pé da estação, viu umas pessoas a correrem. Não lhe despertou a atenção. Havia sempre alguém a correr no Harlem.

— Ela tem de estar num sítio qualquer.

Goldy subiu para o assento da frente, tentando não perder a paciência.

— Vamos levar a mala para casa e depois vimos cá buscá-la.

— Não a posso deixar aqui. Sabes isso muito bem. Foi por causa dela que cá vim.

Goldy começou a perder a paciência.

— Vamos embora, homem. A mulher não se perde.

— Deixa-me tratar da minha vida — disse Jackson, dirigindo-se de novo para o prédio.

— Ela não está em casa, que raio! Vais ser burro toda a vida? Ela foi-se embora.

— Se ela se foi embora, vou esperar aqui mesmo até ela voltar.

Goldy tinha a mão na coronha do revólver enquanto tentava dominar a sua fúria.

— A única coisa que aquela cabra quer é salvar o ouro, homem. Ela há de encontrar-te. Ela não se rala com ninguém.

— Estou a começar a ficar farto da maneira como falas dela — disse Jackson, furioso, aproximando-se de Goldy belicosamente.

Goldy puxou o revólver meio para fora. Mal se conseguiu controlar.

— Filho da mãe dum raio! Se não fosses meu irmão, matava-te — disse ele, estremecendo todo numa fúria exacerbada pela droga.

Jackson segurou melhor o seu bocado de cano, atravessou o passeio e voltou a subir as escadas até ao apartamento.

— Imabelle. Estás aí, Imabelle?

Rebuscou o apartamento, procurando debaixo da cama, atrás do sofá, na cozinha, segurando firmemente o cano na mão, como se andasse à procura de alguém do tamanho de um cachorro e perigoso como um gorila macho.

Um dos cantos da cozinha estava tapado com uma cortina de algodão verde debotada, suspensa por uma corda frouxa. Jackson puxou a cortina para o lado e espreitou.

— Deixou as roupas todas dela — disse em voz alta.

De repente sentiu-se derrotado, completamente arrasado.

Sentou-se na única cadeira que havia na cozinha, apoiou a cabeça nos braços gordos cruzados em cima da mesa, fechou os olhos de cansaço e, no momento seguinte, estava a dormir.

— Capítulo 17 —

Uma carrinha de mercadorias preta dobrou a esquina rapidamente para entrar na Park Avenue, vinda da Rua 130, passou à frente do prédio dirigindo-se para Sul e de repente abrandou.

Jodie, sentado ao volante, observou atentamente o carro funerário estacionado.

— Está um carro funerário parado à entrada — disse ele desnecessariamente.

— Eu vejo — disse Hank, inclinando-se para a frente para espreitar por cima do ombro dele.

— O que é que achas que está ali a fazer?

— Não sou bruxo.

— Achas que é a polícia?

— Não acho nada. Vamos tentar descobrir.

Tinham ambos mudado de roupa depois de terem escapado da barraca ao pé do Rio Harlem.

Jodie vestia agora um sobretudo azul, tinha na cabeça um chapéu preto de abas reviradas inclinado para trás, um fato azul, luvas de camurça castanhas e sapatos pretos de atacadores. Podia passar por empregado de mesa da carruagem-restaurante de um comboio, funções que desempenhara durante quatro anos.

Hank vestia um sobretudo castanho-escuro, um chapéu castanho e um fato azul. Tinha o chapéu puxado para a frente por cima dos olhos e as duas mãos enfiadas nos bolsos do sobretudo. Estavam vestidos para fugir.

Sentado no banco da frente do carro funerário, Goldy viu as luzes da carrinha logo que esta entrou na Park Avenue. Assim que a posição da carrinha lhe permitiu ver de que tipo era, ficou desconfiado. Sabia que não havia razão nenhuma para uma carrinha de mercadorias daquele tipo estar naquela rua àquela hora da noite. Dobrou-se para a frente no assento para que não o vissem e arrebitou as orelhas. Ouviu a carrinha passar lentamente do outro lado da rua. A ideia de que talvez fossem Hank e Jodie que ali tinham voltado para vir buscar a mala com o minério de ouro ocorreu-lhe subitamente. Tirou o revólver das pregas da túnica, segurou-o de encontro ao peito e voltou-se de forma a poder ver pelo retrovisor.

Quando a carrinha passou junto ao carro funerário, Jodie disse:

— Está vazio.

— Parece vazio.

— Mas está qualquer coisa lá atrás. Achas que é um caixão?

— Trata de pensar sozinho.

De súbito, Jodie conseguiu ver o fundo da mala através da janela do outro lado.

— Aquilo não é caixão nenhum.

Hank puxou a sua 38 automática da algibeira do lado direito do sobretudo e meteu uma bala na culatra. Jodie fez inversão de marcha antes de chegar ao fundo do quarteirão, voltou para trás no sentido em que estava o carro funerário e depois meteu entre os pilares do viaduto para o passar.

Goldy observou as luzes da carrinha pelo retrovisor até desaparecerem, mas ouviu a carrinha continuar a avançar devagar. Agora Hank estava dentro da carrinha do lado do carro funerário.

— Está uma mala lá dentro — disse ele. Jodie espreitou por cima do ombro de Hank.

— Achas que é a mala dela?

— Vamos ver.

Jodie conduziu a carrinha para junto do passeio à frente do carro funerário, estacionou e apagou as luzes. Tirou as luvas, meteu-as no bolso do lado esquerdo do sobretudo, enfiou a mão no bolso do lado direito e segurou no punho de marfim da sua navalha.

Saiu do lado da rua, enquanto Hank saía pelo lado do passeio. Ficaram os dois parados um momento, observando a rua silenciosa. Depois voltaram-se ao mesmo tempo, dirigindo-se silenciosamente para o carro funerário também em silêncio. Olharam os dois com indiferença para o assento da frente ao passarem, mas não repararam em Goldy. A sua túnica preta tornava-o invisível na escuridão.

Ao chegarem junto ao carro funerário, pararam e espreitaram através dos vidros, cada um do seu lado, examinando a mala que estava em cima da essa. Os seus olhares cruzaram-se por cima da mala. Foram até à parte de trás do carro, experimentaram as portas, viram que estavam abertas e espreitaram para dentro.

— É a mala, não há dúvida — disse Jodie.

— Também tenho olhos.

Goldy levantara um pouco a cabeça para os observar pelo retrovisor. Reconheceu-os imediatamente. Pela maneira como Hank não tirava a mão do bolso, Goldy percebeu que ele tinha uma pistola. Não estava seguro quanto a Jodie, mas achou que Hank era quem teria de manter debaixo de olho. Viu-os voltarem-se e olharem para cima, para a janela do apartamento do terceiro andar.

— Não vejo luz nenhuma — disse Jodie.

— Isso não quer dizer nada.

— Vou dar uma olhada.

— Espera um minuto.

— Não estou para ficar aqui à espera de levar um tiro.

— Se está lá alguém dentro, já nos viram.

— Se está lá alguém dentro, como? Achas que foram almas do outro mundo que trouxeram esta mala para aqui, pesada como é?

— Acho que deve ter sido o Jackson que a ajudou.

— O Jackson. Esse preto duma figa. Como é que ele ia descobrir onde ela estava?

— E como é que ele descobriu o nosso esconderijo ao pé do rio? Um tipo daqueles, apaixonado como está pela mulata, era capaz de descobrir onde o Hitler está enterrado.

— Então isto deve ser o carro funerário do patrão.

— É o que parece.

Jodie riu-se baixinho.

— Vamos levar o carro funerário também.

— Deixa ver se ele não levou as chaves.

Quando os dois se dirigiram para a parte da frente do carro, Jodie do lado da rua e Hank pelo passeio, Goldy procurou às apalpadelas o travão da porta do lado da rua e empurrou o botão para baixo. Pensou que Jodie teria apenas uma navalha e que assim poderia concentrar-se em Hank.

O seu corpo retesou-se ao ver os reflexos dos dois homens desaparecerem pelos dois extremos do retrovisor, o seu braço direito ficou rígido, os dedos segurando firmemente a coronha da 45. Mas esperou até Hank dar a volta ao manipulo da porta da frente antes de levantar o cão do revólver, a fim de sincronizar esse ruído com o clique da fechadura da porta.

Hank não esperava qualquer perigo de dentro do carro. Quando puxou a porta para fora, Goldy levantou-se no assento, parecendo a personificação de todos os espíritos demoníacos e disse:

— Quieto!

Hank olhou para o cano da 45 e ficou paralisado. O seu coração parou de bater, os seus pulmões pararam de respirar, o seu sangue deixou de correr. Aquele buraco enorme na ponta do cano da 45 de Goldy parecia do tamanho de um canhão.

Goldy pensou estar protegido por trás pela porta travada. Mas as fechaduras do velho Cadillac estavam avariadas. Ao primeiro sinal de movimento, Jodie abriu repentinamente a porta atrás de Goldy com a mão esquerda, arrancou Goldy em peso do assento para a rua com a mão direita antes de Goldy ter tempo para premir o gatilho, arrancou-lhe o revólver da mão com um pontapé ainda Goldy ia no ar, e deu-lhe outro pontapé na nuca assim que a figura negra de Goldy atingiu o chão.

Era-lhe indiferente que estivesse a dar um pontapé num homem, numa mulher ou numa criança. Ia a cavalo num relâmpago de violência alucinada, estava fora de si, e só pensava em matar.

Enquanto o revólver deslizava pela rua, deu um pontapé nas costelas de Goldy, e quando o revólver parou na sarjeta de encontro ao passeio desaparecendo na lama escura, deu-lhe outro pontapé nas costas, por cima dos rins.

Hank contornou o carro funerário pela frente, a correr, com a 38 pronta a disparar, enquanto Jodie dava outro pontapé no estômago de Goldy.

— Está quieto — disse Hank, apontando a arma para o coração de Jodie. — Ainda a matas.

Goldy contorcia-se no empedrado sujo como um peixe preso a um anzol, respirando ofegantemente. Os cantos da sua boca encheram-se de espuma branca antes de conseguir falar. Jodie mantinha-se quieto, paralisado pela arma de Hank, arfando de violência contida.

— Mais um pontapé e matava-a.

— Senhor, tem misericórdia duma velhota — conseguiu Goldy dizer finalmente, numa voz lamurienta.

O apito de um comboio que se aproximava da estação atravessando o Rio Harlem soou como um eco da súplica de Goldy.

Hank aproximou-se de Goldy, estendeu repentinamente a mão esquerda e levantou-lhe a cara segurando-a pelo queixo. Goldy procurava desesperadamente o seu crucifixo de ouro que ficara enrodilhado nas pregas da túnica.

— Sou uma Irmã de Caridade — disse ele com um gemido. — Estou ao serviço do Senhor.

— Não me venhas com tretas, nós sabemos quem tu és — disse Hank.

— É a freira que é bufo daqueles dois detetives pretos, não é? Como é que achas que ela se meteu nisto?

— Como é que eu hei de saber? Pergunta-lhe.

Jodie olhou para baixo, para a cara cinzenta de Goldy. Não havia qualquer compaixão nos olhos castanhos e baços de Jodie.

— Fala depressa — disse ele —, porque não tens muito tempo.

O ruído do comboio a aproximar-se, transmitido pelas vias-férreas sobre o viaduto de ferro, aumentou gradualmente.

— Oiçam... — disse Goldy.

Uma apitadela do comboio, dando sinal de que tinha atravessado o rio para entrar no Harlem, interrompeu-o.

— Oiçam, eu posso ajudar-vos a escapar. Vocês são de fora, mas eu conheço esta cidade por dentro e por fora.

Os olhos de Hank semicerraram-se. Escutava atentamente. Jodie tirou a mão do bolso do sobretudo, segurando o punho da navalha de ponta e mola. Tinha um botão na parte de cima do punho, para premir com o polegar, e quando carregava nele, uma lâmina de quinze centímetros saltava para fora com um pequeno estalido, brilhando na semiobscuridade. Goldy viu a lâmina pelo canto do olho e pôs-se rapidamente de joelhos.

— Oiçam, eu posso-vos esconder aquilo.

O medo instintivo que tinha de facas fez-lhe correr lágrimas dos olhos.

— Oiçam, eu posso esconder-vos...

Jodie mostrou o ódio que sentia por bufos, fazendo voar a touca de Goldy com uma palmada. A touca levou atrás a cabeleira, deixando a cabeça redonda descoberta.

— Este filho da mãe é um homem — disse ele, pondo-se atrás de Goldy.

— Ouve o que ele diz — disse Hank.

— Tenho um esconderijo que ninguém consegue descobrir. Oiçam, eu posso esconder-vos. Posso encobrir-vos. Tenho conhecimentos na esquadra. Agora que vocês já sabem o meu segredo, podem confiar em mim. Oiçam, eu posso esconder-vos a todos, e há que chegue para... — a sua voz perdeu-se no troar do comboio a aproximar-se.

Hank baixou-se para ouvir o que ele dizia, fixando a sua cara.

— Quem é que está contigo?

— Ninguém, juro...

A locomotiva Diesel do comboio passou com grande ruído por cima deles. O viaduto abanou, fazendo estremecer os pilares. A rua estremeceu, toda a noite escura estremecia.

Goldy estava ajoelhado como que a rezar, os joelhos cravados na rua suja e molhada que estremecia, com o corpo gordo a agitar-se debaixo das pregas largas da túnica, a tremer como se estivesse a rezar num vácuo de puro pânico. Jodie inclinou-se rapidamente para a frente atrás dele. Também estava a tremer.

— Grande mentiroso… — disse ele numa voz enraivecida.

Goldy apercebeu-se imediatamente do erro que cometera. Era preciso que alguém o tivesse ajudado a trazer a mala para baixo, era demasiado pesada para que a pudesse ter trazido sozinho.

— Ninguém…

Jodie estendeu um braço num movimento violento, agarrou-o pela cara com a palma da mão esquerda, enfiou o joelho direito nas costas de Goldy entre as omoplatas, puxou a cabeça dele para trás de encontro ao seu joelho e cortou o pescoço tenso, negro, de Goldy de orelha a orelha, até ao osso.

O grito de Goldy misturou-se com o grito da locomotiva quando o comboio passou ruidosamente por cima deles, fazendo estremecer os prédios todos. Fazendo estremecer os negros que dormiam nas suas camas cheias de piolhos. Fazendo estremecer os ossos dos velhos, os músculos doridos, os pulmões tuberculosos e os fetos receosos das mães solteiras. Fazendo cair o estuque dos tetos e o cimento que ligava os tijolos das paredes. Fazendo estremecer os ratos entre as paredes, as baratas que passeavam por cima dos lava-loiças e restos de comida, as moscas que hibernavam em cachos como abelhas por trás dos caixilhos das janelas. Fazendo estremecer as pulgas, fazendo-as pular. Fazendo estremecer os cães deitados nas suas enxergas nojentas, os gatos que dormiam, as retretes entupidas, soltando a porcaria.

Hank saltou para o lado mesmo a tempo. O sangue esguichou da garganta de Goldy borrifando a rua escura, o guarda-lamas e a roda da frente do carro funerário. Brilhou por um instante com um reflexo luminoso vermelho no pavimento escuro. No momento a seguir tornava-se baço, escurecendo e ficando roxo. O jorro inicial abrandou transformando-se num repuxo latejante com as últimas pulsações do coração. A carne do ferimento sangrento e profundo enegreceu como lábios a sangrar, espumando sangue.

O cheiro adocicado e enjoativo de sangue fresco subia da rua malcheirosa, misturado com o cheiro nauseabundo dos prédios do Harlem.

Jodie recuou deixando o corpo moribundo cair para trás no passeio, contorcendo-se e revirando-se dentro da túnica preta com as convulsões da morte como que num orgasmo frenético com uma companheira invisível.

O troar do comboio diminuiu, ouvindo-se apenas o ruído desagradável de metal a roçar metal quando travou para parar na estação da Rua 125.

Jodie baixou-se e limpou a navalha na bainha da túnica preta de Goldy. O golpe fora tão rápido que só havia sangue na lâmina da navalha.

Endireitou-se e carregou no botão que soltava o travão. A lâmina soltou-se, ficando a baloiçar. Com uma volta do punho, Jodie fechou bruscamente a navalha. O travão soltou um estalido. Jodie voltou a metê-la no bolso do casaco.

— Fiz sangrar aquele filho da mãe como se fosse um porco — disse ele orgulhosamente.

— As mentiras nunca levaram ninguém a lado nenhum.

Como que por acordo tácito, Hank e Jodie olharam rua acima e rua abaixo, para a janela do apartamento do terceiro andar, para dentro da entrada mal iluminada do prédio, examinaram as janelas dos prédios à sua volta.

Não viram qualquer movimento.

— Capítulo 18 —

A apitadela aguda do comboio ao atravessar o rio para o Harlem acordou Jackson mergulhando-o num charco de terror.

Pôs-se em pé de um salto, deitando a cadeira ao chão. Teve a sensação de que alguém lhe ia bater por trás, baixou-se rapidamente, empurrando a mesa para o lado. Girando sobre os calcanhares, agarrou no bocado de cano que estava em cima da mesa preparando-se para rebentar com a cabeça de Slim. Mas não estava ali ninguém.

— Devia estar a sonhar — disse para consigo.

Apercebeu-se, então, de que estivera a dormir.

— Vem aí um comboio.

Ainda não estava bem acordado. Reparou que o seu boné de motorista tinha caído no chão. Pegou nele e sacudiu-o. Mas não tinha pó. O chão estava impecavelmente limpo e ainda húmido. O chão lavado fê-lo pensar em Imabelle. Perguntou a si mesmo para onde ela teria ido. Talvez para casa da irmã, no Bronx. Mas, aí, iam encontrá-la de certeza. A polícia também andava à procura dela. Tinha de telefonar à irmã dela assim que pusesse o minério de ouro no depósito de bagagens da estação. Não ia deixá-lo no quarto de Goldy, dissessem eles o que dissessem.

De repente, ficou cheio de pressa. Rebuscou os bolsos à procura de um pedaço de papel para deixar um recado a Imabelle no caso de ela ali voltar à sua procura e não saber onde o procurar. No bolso interior da farda estava uma folha de papel suja com o timbre do Sr. Clay contendo uma lista de artigos funerários. Encontrou um coto de lápis no bolso do sobretudo e desdobrou a folha de papel em cima da mesa da cozinha. Escreveu apressadamente: «Querida, procura o meu irmão, a Irmã Gabriel, à frente dos Armazéns Blumstein. Ele diz-te onde eu estou…» Ia assinar, quando se lembrou que Slim ia voltar ali com Hank e Jodie.

— Não estou mesmo a raciocinar — resmungou consigo mesmo e, amarrotando a folha de papel, atirou-a para um canto.

O estrondo crescente do comboio a aproximar-se encheu-o novamente de um pânico indefinido. Lembrou-se de uma canção de *blues* que a sua mãe costumava cantar-lhe:

Ergo a bandeira ao comboio para o mandar
[passar
Cruzo os braços, e baixo a cabeça a chorar.

De repente, estava a correr sem se mover. Estava a correr por dentro. Não lhe sobrava tempo nenhum para se interrogar acerca do paradeiro de Imabelle. Tinha apenas tempo para se preocupar. De qualquer maneira, safara-se de Slim.

Pegou na moca, que estava em cima da mesa. Os seus olhos tinham ficado vermelhos. A sua cara estava cinzenta e seca, os lábios gretados.

Uma ratazana velha, cinzenta, espreitou debaixo do fogão a lenha, ferrugento e gorduroso. A ratazana também tinha os olhos vermelhos. Olhou para Jackson e ele olhou para ela.

A casa começou a tremer. O chão tremia, fazendo estremecer a ratazana. Jackson sentiu-se começar a estremecer. Os seus miolos pareciam estar a ser sacudidos para baixo e para cima dentro da cabeça, prestes a explodir. O troar do comboio encheu o quarto, paralisando o homem e a ratazana, que tremiam numa espécie de transe letárgico.

Nesse momento ouviu-se o apito. Guinchava como um porco na matança a correr pelo milheiral com a faca ainda espetada no corpo.

A ratazana sumiu-se. Os pés de Jackson começaram a correr. Correu cegamente da cozinha, atravessou o quarto tropeçando na cadeira de três pés, deu um salto e correu para o patamar escuro como breu, começando a descer as escadas.

Depois lembrou-se das roupas de Imabelle. Voltou-se, correu novamente para a cozinha, poisou o cano em cima da mesa, agarrou nas roupas com os braços, voltou-se outra vez e fugiu do apartamento, esquecendo-se da moca.

Atravessou o patamar escuro a correr e desceu as escadas escuras e íngremes tentando fazer o menor barulho possível. O suor começou a escorrer da sua pele seca. Sentiu-o correr pelo pescoço abaixo, debaixo dos braços pelo corpo abaixo, como vermes a rastejar. As bainhas dos vestidos arrastavam pelas escadas sujas. Ao fundo do primeiro lanço de escadas tropeçou nas saias, caiu de barriga para a frente, agarrado aos vestidos, e aterrou com um ruído surdo.

— Senhor, meu Salvador — resmungou ele levantando-se. — Parece que não vou estar muito tempo por este mundo.

Abraçava os vestidos como se Imabelle estivesse dentro deles, mal conseguindo ver por cima da pilha de roupa, passou sob a luz ténue do patamar do rés-do-chão e chegou à porta da entrada.

Esperava ver Goldy impacientemente à sua espera no assento da frente do carro funerário. Em vez disso, viu Hank e Jodie, de pé do outro lado do carro, voltados um para o outro a conversar. Ficou petrificado. Ali, de boca aberta, a cara suada, os dentes brancos a brilharem nas gengivas arroxeadas.

Hank e Jodie tinham nesse momento desviado o olhar do átrio iluminado. Hank estava a dizer a Jodie:

— Vamos tirá-lo da rua.

— Para onde?

— Para dentro do carro funerário.

— Para quê? Porque é que não havemos de deixar o filho da mãe onde está?

— É um bufo. Se os chuis o encontram aqui, vêm atrás de nós tão certo como dois e dois serem quatro.

— Cá por mim deixava-o ficar aí, e os chuis que se danem. Já andamos fugidos, não andamos?

Hank afastou-se e foi abrir as portas duplas do carro funerário. Se tivesse voltado a cabeça, teria visto Jackson de pé à entrada do prédio, petrificado. Mas Hank estava a olhar para o cadáver quando voltou para a frente do carro.

— Agarra-o pelos ombros — disse ele, baixando-se para pegar nos pés.

Jodie começou a calçar as luvas. Também estava a olhar para o cadáver.

— Para que é que é isso, pá? Estás com medo de lhe tocar com as mãos?

— O filho da mãe está morto. É disso que eu tenho medo.

Jackson pensou que eles se preparavam para tirar a mala. A ideia soltou-lhe os músculos petrificados. Olhando por cima da roupa viu a carrinha. Pensou que eles iam tirar a mala e pô-la na carrinha. Nem sequer tinha a moca consigo.

Pela primeira vez, apercebeu-se de que não via onde estava Goldy. Talvez Goldy os tivesse visto aproximar e se tivesse escondido. Goldy tinha o revólver. Jackson sentiu vontade de lhe rogar uma praga, mas não queria cometer uma blasfémia além de todos os pecados que já tinha cometido.

Recuou silenciosamente para o fundo do átrio, tropeçando a cada passo, voltou-se ao chegar junto das escadas e começou a subi-las novamente a correr para voltar ao apartamento. Mas mudou de ideias. Era possível que depois de eles tirarem a mala do carro funerário para a carrinha, decidissem ir lá acima fazer uma coisa qualquer.

Olhou à sua volta, procurando um sítio para se esconder. O vão das escadas fora tapado de modo a formar um armário com a porta voltada para um canto escuro ao fundo do átrio. Recuou para esse canto, experimentou a porta do armário e verificou que estava aberta. Vários caixotes de lixo estavam amontoados de qualquer maneira entre esfregonas sujas e baldes. Dobrando os vestidos para evitar que caíssem para dentro dos caixotes de lixo, enfiou-se lá para dentro, fechou a porta silenciosamente e ficou ali na escuridão fedorenta, mal respirando.

Jodie agarrou no cadáver segurando-o debaixo dos braços e Hank pelos pés. Enfiaram-no de pés para a frente debaixo dos acessórios funerários, debaixo da mala. O espaço era pouco e tiveram de o deitar de costas e de o empurrar com os pés apoiados nos ombros. Por fim, conseguiram meter a cabeça suficientemente para dentro para conseguirem fechar as portas.

Hank voltou à rua para apanhar a touca branca e a cabeleira grisalha, e enfiou-as outra vez na cabeça do cadáver. Depois puxou para baixo os panos pretos e as coroas de flores artificiais para tapar a cabeça antes de fechar as portas.

— Para que é que estás a fazer isso? — perguntou Jodie.

— Para o caso de alguém ver.

— E quem é que vai ver?

— Como é que hei de saber? Não podemos fechar as portas à chave.

Voltaram-se e olharam outra vez para cima, para a janela do apartamento do terceiro andar. Jodie tirou as luvas, meteu a mão no bolso e segurou no punho da navalha.

— Quem é que achas que o ajudou?

— Não consigo perceber. Pensava que tinha sido ela e o Jackson, mas com este bufo aqui o caso muda de figura.

— Achas que o Jackson também está metido na coisa?

— Tem de estar, acho eu. O carro funerário é dele.

— Achas que eles ainda lá estão em cima?

— Vamos já tratar de saber isso.

Voltaram-se, atravessaram o passeio e entraram no prédio. Iam os dois com as mãos nos bolsos do sobretudo, Hank a segurar na sua 38 automática, Jodie segurando a sua navalha de cabo de marfim. Os seus olhos esquadrinharam as sombras.

Ao aproximarem-se das escadas, falavam suficientemente alto para Jackson os conseguir ouvir dentro do armário malcheiroso.

— Maldita cabra, devia tê-la matado...

— Cala-te.

Jackson ouvia cada passo a poisar levemente no chão de madeira. Reteve a respiração.

— Não me rala que ela me oiça, ela não tem onde se esconder.

— Cala-te. Há aqui mais gente que te pode ouvir.

Jackson ouviu os passos deles ao começarem a subir as escadas. De repente, os passos de um deles cessaram.

— Cala-te, o quê? Começo a estar farto de te ouvir a mandares-me calar o tempo todo.

Os passos do outro cessaram tão repentinamente como os do primeiro.

— Cala-te, foi o que eu disse. Mais nada.

Jackson reteve a respiração tanto tempo naquele silêncio perigoso que os pulmões já lhe doíam, quando finalmente os ouviu recomeçarem a subir as escadas.

Não se ouviram mais palavras. Jackson respirava baixinho, ouvindo os passos cada vez mais acima, cada vez mais impercetíveis. Segurou na maçaneta da porta, puxou-a para dentro com toda a força que tinha, fê-la girar lentamente de modo a não fazer qualquer ruído, e abriu a porta uma nesga com a maior cautela. Ouviu os passos começarem a subir o segundo lanço de escadas, mal os ouvindo quando começaram a atravessar o patamar do terceiro andar.

Esperou mais um momento e depois saiu do armário a correr. Um caixote de lixo vazio tombou com estrondo. O ruído foi como que um pontapé, como que uma biqueirada no rabo, que o fez atravessar o átrio a correr com os braços cheios de vestidos.

Ouviu passos pesados no pavimento de madeira do patamar de cima, passos a descer os degraus de madeira como uma centopeia com botas. Ao atravessar o passeio, ouviu uma janela abrir-se por cima da sua cabeça.

Agarrou no manipulo da porta do carro funerário, abriu-a de sacão, atirou os vestidos para cima do assento, saltou lá para dentro, rebuscou os bolsos à procura das chaves, ligou a ignição e carregou no botão do motor de arranque.

— Vá, pega, filho da mãe, Deus me perdoe — bramiu ele, furioso com o motor relutante. — Pega, sacana dum filho da mãe dum raio... Santo Deus, não queria dizer isto.

Viu Jodie a aproximar-se pelo átrio mal iluminado, a tornar-se cada vez maior no retângulo do retrovisor.

— Deus tenha misericórdia de mim — suplicou.

Jodie saiu do prédio com um salto enorme, a lâmina da navalha a brilhar na escuridão. Ao bater com os pés no passeio, derrapou em direção à berma, inclinado para a frente e a esbracejar como se estivesse a tentar deter uma investida à beira de um precipício, conseguiu equilibrar-se e voltou-se no preciso momento em que o motor do velho Cadillac arrancou ruidosamente.

Jackson engatou a primeira e carregou no pedal. O velho carro funerário arrancou com um rugido, tão depressa que a ponta direita do para-choques da frente bateu na ponta esquerda do para-choques de trás da carrinha antes de Jackson conseguir controlar o carro, transformando o para-choques numa barbatana torcida que abriu uma série de sulcos na pintura preta do carro funerário quando este passou a acelerar, falhando por pouco um pilar de ferro do viaduto no sítio onde este virava para a Rua 130.

— Mais uma tangente destas, Senhor, e não duro muito — resmungou Jackson, agarrando-se ao volante com os braços gordos e vendo o pavimento a fugir por baixo do carro.

— Capítulo 19 —

Quando Imabelle desceu as escadas, deixando Goldy e o seu homem, Jackson, a debaterem-se com a mala de minério de ouro, olhou por momentos para o carro funerário estacionado na rua, riu-se outra vez, e começou a correr pela Park Avenue abaixo em direção à estação da Rua 125.

Não sabia qual era o horário dos comboios, mas haveria um para Chicago.

— E esta menina vai estar nele — disse para si.

A estação da Rua 125 situava-se debaixo do viaduto, como uma ilha artificial, voltada para a Rua 125. A linha de duas vias desdobrava-se em quatro ao passar por cima da rua, na plataforma sombria, mal iluminada. Os passageiros que ali desciam pela primeira vez sentiam o impulso de girar sobre os calcanhares e voltar a entrar no comboio. A plataforma estremecia num delírio e as tábuas soltas chocalhavam como ossos secos cada vez que um comboio passava.

Da plataforma via-se a faixa iluminada da Rua 125 atravessando a ilha desde a Ponte de Triborough, que liga o Bronx a Brooklyn, até ao *ferry* da Rua 125 que atravessa o Rio Hudson para Nova Jérsia.

Ao nível da rua, a sala de espera quente, cheia de luz, estava atulhada de bancos de madeira, quiosques, balcões de *snack-bars*, máquinas automáticas, bilheteiras e gente ociosa. Ao fundo, umas escadas duplas subiam para a plataforma de embarque, e por baixo havia os lavabos. Atrás das escadas, escondido, difícil de localizar, com um acesso impossível, havia o depósito das bagagens.

À volta havia um amontoado de bares, pensões cheias de pulgas que davam pelo nome de hotéis, cervejarias que ficavam abertas a noite toda, antros de droga, casas de pegas, estaminés de jogo, prontos a satisfazerem todos os caprichos da natureza.

Brancos e negros conviviam dia e noite, por cima dos balcões encharcados de cerveja, com os olhos a ficarem cada vez mais vermelhos e o espírito mais belicoso com a bebida e as brigas no meio da rua entre os carros que passavam. Sentavam-se lado a lado sob a luz fluorescente das fábricas de comida, a comer coisas pré-cozinhadas compradas ao balcão, que em nada se assemelhavam a comida.

As pegas esvoaçavam pela zona como varejeiras por cima de linguiças a cozinhar.

As vozes plangentes dos cantores de *blues*, vindas das máquinas de discos com as suas luzes de pesadelo, flutuavam no ar fétido da noite:

A minha mãe disse-me quando eu era criança
Que os homens e a bebida haviam de me matar.

Assaltantes de rua com as caras cheias de cicatrizes observavam os transeuntes solitários como hienas a ver leões a banquetearem-se.

Carteiristas davam um golpe e depois fugiam para a escuridão debaixo do viaduto, tentando esquivar-se às balas da polícia que batiam contra os pilares de ferro. Umas vezes conseguiam, outras não.

Bandidos brancos, aos quatro e aos seis em limusinas blindadas, a ir e a vir da sede da organização ao fundo da rua, passavam pelos polícias armados que iam dentro dos carros-patrulha, retribuindo descaradamente os olhares que estes lhes lançavam.

Na esquadra, os detetives à paisana estavam de serviço vinte e quatro horas por dia. Na rua, havia sempre um carro-patrulha à vista.

Mas Imabelle tinha mais medo de Hank e de Jodie do que da polícia. Nunca tinha sido assaltada na rua, nem lhe tinham tirado as impressões digitais. A única coisa que os polícias queriam dela era levá-la para a cama. Imabelle era uma rapariga que acreditava que uma troca leal não era roubar nada a ninguém.

Levava o casaco preto bem abotoado, mas, ao correr, o casaco abria-se, deixando ver uma faixa tentadora do vestido encarnado.

Um homem devoto de meia-idade, bom marido e pai de três filhas em idade escolar, que ia a caminho do trabalho, com o seu fato-macaco lavado e engomado e uma camisola do exército, ouviu o toque-toque dos saltos de Imabelle no pavimento ao sair do seu apartamento do rés-do-chão.

— Uma pega bem ligeira — resmungou para si.

Ao sair para o passeio, olhou à sua volta e viu subitamente a cara mulata e a mancha vermelha tentadora do vestido vermelho de Imabelle sob a luz dos candeeiros da rua. Ficou eletrizado. Não tinha culpa. A sua mulher andava adoentada e sabe Deus há quanto tempo não dava umas quecas. Ao ver a mulata bonita a saltitar na sua direção, os seus dentes brilharam-lhe na cara preta como um farol no mar.

— És minha, querida — disse ele numa voz profundamente baixa, agarrando-a pelo braço. Estava disposto a pagar cinco dólares.

Sem parar, Imabelle deu-lhe uma palmada na cara com a carteira preta. A pancada espantou-o mais do que o magoou. Não lhe quisera mal nenhum, apenas queria experimentar. Mas ao pensar que um homem devoto como ele tinha acabado de apanhar um bofetão de uma pega, ficou danado. Aproximou-se dela e agarrou-a.

— Não te atrevas a bater-me, pega.

— Larga-me, preto filho da mãe — espumou ela, debatendo-se furiosamente.

O homem trabalhava na recolha de lixo e era forte como um cavalo. Imabelle não conseguia libertar-se.

— Não me chames nomes, pega, porque eu vou ter-te quer queiras quer não — vociferou ele numa fúria tresloucada de raiva e desejo, pronto a deitá-la ao chão e a violá-la ali mesmo.

— Vais ter mas é a tua mãe, meu grande sacana — praguejou ela, tirando uma navalha de ponta e mola semelhante à de Jodie do bolso do casaco. Fez-lhe um golpe na cara.

Ele saltou para trás, agarrando-a com uma mão e levando a outra à cara. Depois tirou a mão ensanguentada da cara e olhou para o sangue. Pareceu surpreendido. Era o seu próprio sangue.

— Cortaste-me, pega — disse ele, admirado.

— E corto-te outra vez, filho da mãe — disse ela, atacando-o com a navalha numa fúria feminina.

Ele soltou-a e recuou, defendendo-se da navalha com as mãos como se estivesse a tentar afastar uma vespa.

— O que é que tu tens, pega? — disse ele, mas a sua voz foi abafada pelo troar de um comboio a entrar na estação. De repente, o comboio apitou parecendo soltar um grito humano.

Imabelle apanhou um susto tão grande que deu um salto para trás e olhou para o homem com a navalhada na cara como se tivesse sido ele a gritar.

— Eu mato-te, pega — disse ele, preparando-se para lhe tirar a navalha.

Imabelle sabia que não conseguiria fazê-lo fugir, que não conseguia defender-se dele com a navalha e que, se ele a apanhasse, matava-a. Voltou-se e fugiu para a estação, com a navalha aberta na mão.

O homem correu atrás dela, com o sangue a escorrer da cara e das mãos.

— Não o deixes apanhar-te, querida — gritou alguém da escuridão, encorajando-a.

O comboio ultrapassou-os, passando no viaduto por cima deles a troar, fazendo estremecer a terra, fazendo estremecer o corpo dela ao correr, fazendo estremecer o sangue que corria dos ferimentos do homem como pingos de chuva a espalharem-se em todas as direções. O comboio começou a travar. O ruído atordoante assustou-a e o som de metal a roçar metal levou-lhe um sabor azedo à boca.

Imabelle atirou a navalha para a sarjeta e passou a correr pela fila de táxis estacionados, pelas pegas que procuravam fregueses, pelos negros ociosos, sem nunca parar e, entrando pela porta lateral da sala de espera, correu para o fundo para o lavabo das senhoras debaixo das escadas e fechou-se lá dentro.

As pessoas multicores que estavam por ali, umas de pé, outras sentadas nos bancos de madeira, mal prestaram atenção. Não era estranho ver-se uma mulher a correr naquela zona.

Mas quando o homem chegou à porta, a sangrar como um touro ferido, toda a gente se endireitou.

— Vou matar aquela pega — berrou ele ao entrar na sala de espera.

Um negro olhou para ele e disse:

— Lá que ela o encheu de meiguices, encheu.

O homem já ia a meio da sala quando o detetive branco correu para ele agarrando-o pelos braços.

— Calma aí, pá, calma aí. O que é que há?

O homem contorceu-se, procurando soltar-se do detetive, mas não conseguiu.

— Ouve, branco, eu não quero sarilhos. Aquela pega cortou-me e eu vou tratar-lhe da saúde.

— Aguenta aí, pá, aguenta aí. Se ela te cortou, nós apanhamo-la. Mas não vais tratar da saúde a ninguém. Percebeste?

O detetive preto aproximou-se tranquilamente, olhando com indiferença para o homem ensanguentado.

— Quem é que lhe fez isso?

— Diz que foi uma mulher.

— Para onde é que ela foi?

— Fugiu para o lavabo das mulheres.

O detetive preto perguntou ao homem esfaqueado:

— Como é que ela é?

— Uma mulher de pele clara, com um casaco preto e um vestido encarnado.

O detetive preto riu-se.

— É melhor não te meteres com essas pegas mulatas, pá.

Voltou a rir-se e dirigiu-se para o lavabo das mulheres.

Dois polícias que estavam de patrulha entraram apressadamente, como se esperassem encrenca. Ficaram com um ar desapontado ao verem tudo calmo.

— Vá chamar uma ambulância, sim? — disse o detetive branco a um deles.

O polícia voltou rapidamente para o carro-patrulha para chamar a ambulância da polícia pela rádio. O outro polícia ficou ali parado.

As pessoas juntaram-se à volta deles a olhar para o negro corpulento que pingava sangue vermelho sobre o chão de ladrilhos castanhos. Um bagageiro aproximou-se com uma esfregona molhada e olhou reprovadoramente para o chão ensanguentado.

Ninguém pensou que houvesse nada de estranho na situação. Era uma cena que acontecia umas duas vezes por noite naquela estação. A única diferença era que não havia mortos.

— Porque é que ela te esfaqueou? — perguntou o detetive branco.

— Porque é má, só por isso. Não passa duma pega má.

O detetive pareceu concordar. O detetive preto verificou que a porta dos lavabos estava trancada. Bateu à porta.

— Abre a porta, minha linda.

Ninguém respondeu. Ele voltou a bater.

— É a polícia, querida. Não me obrigues a ir procurar o chefe da estação para abrir esta porta, senão o paizinho vai ficar zangado.

Ouviu-se o ferrolho da porta a correr. O detetive empurrou e a porta abriu-se. Imabelle olhou-o do espelho. Tinha lavado a cara e posto pó-de-arroz, penteado o cabelo, pintado os lábios, limpado os sapatos de camurça pretos de salto alto, e parecia que tinha acabado de sair de um embrulho de papel de seda. O detetive mostrou a insígnia e sorriu para ela.

Num tom acusador, Imabelle disse:

— Uma senhora agora já não se pode arranjar sem a polícia vir bater à porta?

O detetive olhou à sua volta. Só lá estavam duas mulheres brancas de meia-idade, encolhidas a um canto cheias de medo.

— Era a si que aquele homem estava a chatear? — perguntou ele a Imabelle, tentando assim levá-la a confessar.

Imabelle não se deixou enganar.

— Qual homem? — franziu o sobrolho mostrando-se indignada. — Vim aqui para me arranjar. Não sei do que é que está a falar.

— Vá lá, minha linda, não me venhas com histórias — disse ele, olhando-a de alto a baixo como se a ideia de fazer uma perninha com ela não lhe desagradasse.

Ela lançou-lhe um olhar voluptuoso com os seus olhos castanhos e fez-lhe um sorriso com os seus dentes de pérola como se não fosse má ideia.

— Se alguém lhe disser que está a ter chatice comigo, pode dizer-lhe que a culpa é dele.

— Sei isso perfeitamente, minha linda, mas não o devias ter esfaqueado.

— Não esfaqueei ninguém — disse ela, saindo para a sala de espera.

— Foi essa pega que me esfaqueou — disse o homem, apontando um dedo a pingar sangue.

A multidão mórbida voltou-se para olhar para ela.

— Eu cá esfaqueava-a primeiro — disse um brincalhão. — Não sei se me entendem.

Imabelle ignorou a multidão enquanto tentava abrir caminho. Avançou direito ao homem ensanguentado e olhou-o de frente.

— Era deste homem que estava a falar? — perguntou ela ao detetive preto.

— É esse que está esfaqueado.

— Nunca vi este homem na minha vida.

— Minha mentirosa! — gritou o homem.

— Calma aí, pá — advertiu o detetive preto.

— Para que é que eu havia de te esfaquear, se é que fui eu que te esfaqueei?

Os espectadores riram-se. Um negro recitou:

A negra faz o comboio de mercadorias descarrilar
Mas a mulata faz o pregador perder a cabeça.

— Vamos lá, onde está a faca? — perguntou o detetive branco a Imabelle. — Estou farto da brincadeira.

— É melhor ir procurar nos lavabos — disse o detetive preto.

— Ela deitou-a fora na rua — disse o homem ensanguentado. — Eu vi-a deitá-la fora na rua, antes de fugir aqui para dentro.

— Porque é que não a apanhaste? — perguntou o detetive.

— Para quê? — disse o homem, surpreendido. — Não preciso de faca nenhuma para matar essa pega. Posso matá-la com as mãos.

O detetive fitou-o.

— Para servir de prova. Disseste que ela te esfaqueou.

— Vamos buscá-la — disse um dos polícias do carro-patrulha para o outro, e saíram os dois para procurar a faca.

— Claro que ela me esfaqueou. Está bem à vista — disse o homem ensanguentado.

A multidão riu-se, começando a dispersar.

— Queres apresentar queixa contra esta mulher?

— Queixa? Estou a apresentá-la agora mesmo. Está a ver muito bem que ela me esfaqueou.

Um brincalhão disse:

— Se não foi ela que te esfaqueou, é melhor ires ao médico por causa dessas veias rotas.

— Porque é que não me deixam ir embora? — perguntou Imabelle ao detetive branco. — Já lhe disse que nunca vi esse homem na minha vida. Ele confundiu-me com outra pessoa qualquer.

Apareceram mais dois polícias de outro carro-patrulha, que olharam para o negro ensanguentado com a curiosidade dos brancos, enquanto tiravam as luvas grossas.

— Vocês vão levar estes dois para a esquadra — disse o detetive branco. — O homem quer apresentar queixa por agressão.

— Que raio, não o quero a sujar-me o carro todo de sangue — queixou-se um dos polícias.

Ao longe, ouviu-se a sereia de uma ambulância.

— Vem aí a ambulância — disse o detetive preto.

— Porque é que me levam para a esquadra se eu não fiz nada? — disse Imabelle, dirigindo-se a ele.

Ele olhou para ela compreensivamente.

— Tenho muita pena, mas não posso fazer nada, minha linda — respondeu-lhe.

— Se conseguir provar que está inocente, pode processá-lo por ter sido presa indevidamente — disse o detetive branco.

— Mas que grande coisa! — disse ela zangada.

Na rua, os dois polícias fardados rebuscavam a sarjeta à procura da navalha. Dois negros que estavam de pé no passeio observavam-nos silenciosamente.

Por fim, um dos polícias lembrou-se de lhes perguntar:

— Algum de vocês viu alguém apanhar uma faca por aqui?

— Vi um rapazinho negro apanhá-la — admitiu um dos homens.

Os polícias ficaram irritados.

— Raios! Não nos viram a procurar? —perguntou um deles, furioso.

— Não disse do que é que estava à procura, patrão.

— Por esta altura o safado já deve ir longe — queixou-se o outro polícia.

— Para onde é que ele foi? — perguntou o primeiro polícia.

O homem apontou rua acima. Os dois polícias lançaram-lhe um olhar ameaçador.

— Como é que ele era?

O negro voltou-se para o companheiro.

— Como é que achas que ele era?

O segundo negro não gostava da ideia de o seu companheiro ter dado informações a polícias brancos a respeito de um rapaz de cor.

— Eu não o vi — disse ele, mostrando o seu desagrado.

Os dois polícias voltaram-se para o olhar, danados.

— Eu não o vi — disse um deles, imitando-o. — Ora muito bem. Estão os dois presos, raios!

Os dois polícias acompanharam os dois negros até à entrada da estação e meteram-nos no assento de trás do carro-patrulha, entrando para o assento da frente. Alguns transeuntes olharam-nos com curiosidade e seguiram caminho.

Os polícias voltaram o carro, subindo a Park Avenue pela faixa errada para mostrarem quanto valiam. A luz vermelha do tejadilho piscava como um mau olhado. Subiram a avenida devagar, fazendo incidir os faróis reguláveis sobre os passeios, as caras dos peões, as entradas dos prédios, as fendas, as esquinas, os terrenos baldios, à procura de um rapazinho negro que tinha apanhado uma navalha ensanguentada entre o meio milhão de habitantes negros do Harlem.

Viram passar uma carrinha preta com o para-choques de trás torcido e virar para a Rua 130, mas não estavam interessados nela.

— O que é que vamos fazer com estes filhos da mãe? — perguntou um dos polícias ao outro.

— Vamos soltá-los.

O polícia que ia a conduzir parou o carro e disse:

— Rua.

Os dois negros saíram e voltaram para junto da estação.

Quando lá chegaram, a ambulância ia a partir, levando o homem esfaqueado para o Hospital do Harlem para lhe poderem coser os ferimentos antes de o mandarem para a esquadra para apresentar queixa contra Imabelle.

Ao mesmo tempo, o carro-patrulha que levava Imabelle para a esquadra dirigia-se para Leste pela Rua 125. Cruzou-se com um carro funerário que virou a esquina lentamente vindo de Madison Avenue. Mas não havia nada de suspeito no facto de um carro funerário andar na rua àquela hora da madrugada. Morria gente no Harlem o tempo todo.

Os polícias entregaram Imabelle ao sargento de dia para que a detivesse até o homem esfaqueado vir apresentar queixa.

— Quer dizer que eu vou ter de ficar aqui até...

— Cala-te e senta-te — interrompeu o sargento de dia numa voz entediada.

Imabelle preparava-se para reclamar, mas mudou de ideias, atravessou a sala na direção de um dos bancos de madeira encostados à parede e sentou-se calmamente com as pernas cruzadas, mostrando um palmo de coxas mulatas macias e contemplando as unhas pintadas de verniz vermelho.

Enquanto ela ali estava sentada, o Coveiro saiu do gabinete do capitão. Trazia uma ligadura debaixo do chapéu puxado sobre a nuca e uma expressão ameaçadora que não deixava lugar a quaisquer dúvidas. Olhou para Imabelle com indiferença, depois caiu em si ao reconhecê-la. Atravessou a sala devagar e olhou para ela.

Ela lançou-lhe o seu olhar voluptuoso, puxou a saia vermelha um pouco mais para cima, deixando à vista mais um bocado da coxa mulata e macia.

— Ora, mas que grande surpresa — disse ele. — Minha linda, tenho novidades para ti.

Imabelle fez-lhe o seu sorriso de quem promete coisas boas para o futuro.

Ele deu-lhe uma bofetada com tal violência que a arrancou da cadeira, fazendo-a cair no chão de barriga para baixo e pernas abertas, numa posição grotesca; o vestido vermelho ficou tão puxado para cima que se viam as calcinhas pretas de nylon que trazia vestidas.

— E isto não é tudo — disse ele.

— Capítulo 20 —

Quando Jackson dobrou a esquina para a Rua 125, vindo de Madison Avenue, em direção ao depósito de bagagens da estação, seguia com tanta cautela como se a rua estivesse pavimentada com ovos.

Suores frios corriam-lhe desde o cimo da cabeça encarapinhada às solas brancas dos seus pés pretos. Preocupado com Imabelle, sem saber se a miúda dele estaria segura, preocupado com a mala dela cheia de minério de ouro, esperando que não acontecesse nada agora que ele a tinha arrancado àqueles brutamontes.

Conduzia com uma das mãos e benzia-se com a outra. Num momento rezava: «Senhor, não me abandones agora.» No outro cantava *blues* tristonhos, num gemido:

Se o problema fosse dinheiro
Seria milionário.

Um carro-patrulha cruzou-se com ele, dirigindo-se para a esquadra, tão depressa como um morcego a fugir do inferno. Passou a tal velocidade que ele não viu Imabelle sentada no banco de trás. Pensou que eles levavam um bandido para a esquadra. Desejou que fosse o safado do Slim.

Uma ambulância passou a toda a velocidade. Esforçou os olhos, sentindo o suor gelar, tentando ver quem ia nela, e quase embateu num táxi à sua frente. Viu de relance a silhueta de um homem e sentiu alívio. Fosse quem fosse, não era Imabelle.

Gostaria de saber onde a miúda andaria. Ia tão preocupado com ela que por pouco não atropelou um negro gordo e enorme que ia a dançar em diagonal ao longo da rua.

Ela estava à esquina com os pés encharcados
Oferecendo-se a todos os homens que passavam...

Jackson manobrou o carro funerário cuidadosamente ao passar pelo Banhas, como se estivesse a atravessar um campo de silvas. Não voltou a abrir a boca. Era impossível prever o que um bêbedo poderia fazer. Não queria encrenca nenhuma até pôr a mala no depósito de bagagens, a salvo de Goldy.

Teve de passar à frente da estação, dar-lhe a volta pela Park Avenue e chegar à entrada do depósito de bagagens pelas traseiras.

Ao encostar na berma à frente da porta de entrada do depósito de bagagens, no fim da fila de táxis que estavam a receber passageiros, o Banhas já tinha conseguido vencer os escolhos perigosos do trânsito da Rua 125 e subia, sempre a dançar, o passeio apinhado junto às janelas iluminadas da sala de espera, pela Park Avenue acima, em direção ao Rio Harlem.

Ninguém se atrevia a dizer nada ao Banhas. Não valia a pena arranjar sarilho com um bêbedo negro e encorpado como o Banhas. Especialmente se ele tivesse os olhos vermelhos. Era assim que começavam os tumultos raciais.

Mas o facto de haver polícias ali ao pé enquanto punha a mala de minério de ouro no depósito de bagagens enervava Jackson. De qualquer maneira, já estava tão nervoso que até a própria sombra o assustava. Deixou o motor a trabalhar por uma questão de hábito. Quando saiu do carro funerário para se dirigir ao depósito de bagagens, o Banhas viu-o.

— Meu irmão! — gritou o Banhas, aproximando-se de Jackson em passo de dança e pondo-lhe o braço gordo por cima dos seus ombros gordos.

— Baixo, preto e atarracado como eu. Diz-lhes lá, gordo. Não podem confiar num homem gordo, pois não?

Jackson sacudiu o braço do outro e disse, irritado:

— Porque é que não tens juízo? És a vergonha da raça.

O Banhas recuou um pouco, fingindo que não percebia.

— Que raça, meu irmão? Que raça?

— A nossa raça. Sabes muito bem o que eu quero dizer.

O Banhas arregalou os olhos raiados de sangue olhando para Jackson, espantado.

— Queres dizer que deixavas que eles te confiassem as mulheres deles? — berrou.

— Vai-te curar — retorquiu Jackson, berrando também com uma irritação incontrolável, contornando o Banhas como quem contorna uma montanha e entrando apressadamente no depósito de bagagens sem olhar para trás.

O Banhas esqueceu-o imediatamente, retomando o seu caminho rua acima, mais uma vez, a dançar.

Jackson encontrou um bagageiro negro.

— Tenho uma mala para deixar aqui.

O bagageiro olhou para Jackson e ficou irritado só por Jackson ter falado com ele.

— Para onde é que vai? — perguntou-lhe com brusquidão.

— Chicago.

— Onde é que está o seu bilhete?

— Ainda não tenho bilhete. Só quero deixar aqui a mala enquanto vou comprar o bilhete.

O bagageiro ficou danado.

— Não pode deixar mala nenhuma se não tem bilhete — disse ele aos berros. — Ainda não sabe isso?

— Porque é que está tão irritado? Até parece que somos o povo enjeitado de Deus.

O bagageiro levantou os ombros como se fosse dar um murro a Jackson.

— Não estou irritado. Acha que estou irritado?

Jackson recuou.

— Oiça, eu não quero mandar a mala para sítio nenhum. Só a quero deixar aqui até logo à noite quando vier comprar o bilhete.

— Não a quer mandar para sítio nenhum? O que é que se passa consigo, homem?

— Se não me quer receber a mala, vou falar com o homem — ameaçou Jackson.

O homem era o chefe dos bagageiros, um branco. O bagageiro não queria sarilhos com o homem.

— Quer dizer que quer deixar aqui a mala — disse ele, cedendo de má vontade. — Porque é que não disse que só queria deixar aqui a mala em vez de se pôr para aí a falar de Chicago?

Pegou num carrinho como se estivesse disposto a atirá-lo à cabeça de Jackson.

— Onde é que ela está?

— Lá fora.

O bagageiro empurrou o carrinho até ao passeio e olhou para um lado e para o outro.

— Não vejo mala nenhuma.

—Está ali dentro do carro funerário.

O bagageiro espreitou pelas janelas do carro e viu a mala em cima da essa.

— Para que é que anda com uma mala dentro dum carro funerário? — perguntou, desconfiado.

— Usamos o carro para transportar de tudo.

— Então tire-a, vá — disse o porteiro ainda desconfiado. — Não vou receber mala nenhuma que tenha andado num carro que serve para levar mortos.

— Oh, homem, Santo Deus. Não seja tão malvado. A mala é pesada. Não me vai ajudar a tirá-la dali?

— Não me pagam para andar a descarregar malas de carros funerários. Recebo-as quando elas estão na rua.

— Eu ajudo-o a tirá-la — ofereceu-se um negro ocioso, que andava por ali.

Jackson e o negro dirigiram-se para a parte de trás do carro funerário. O bagageiro seguiu-os. Dois motoristas de táxi brancos, que estavam a descansar, observavam a cena com curiosidade. Ao fundo do passeio, um polícia branco olhava-os com indiferença.

O Banhas apareceu outra vez, caminhando em passo de dança, no preciso momento em que Jackson abriu as portas duplas do carro funerário.

— Cuidado! — gritou ele. — Não se pode confiar num homem gordo!

Jackson, o bagageiro e o terceiro negro recuaram ao mesmo tempo como se tivessem visto subitamente um demónio à sua frente. O Banhas aproximou-se e espreitou por cima do ombro de Jackson. Estacou repentinamente. Os quatro negros ficaram de um cinzento pastoso.

— C'os diabos! — berrou o Banhas. — Vejam isto! Debaixo da mala havia uma pilha grande de tecido preto. Havia flores artificiais espalhadas por toda a parte numa grande confusão. Uma coroa de lírios artificiais em forma de ferradura tinha escorregado para trás. Espetada no meio do arco de lírios brancos estava uma cara preta. A cara estava a olhar para trás com a cabeça pendurada, apoiada sobre a nuca. Uma touca branca estava poisada em cima de uma cabeleira grisalha que tinha tombado de banda. A cara tinha uma expressão terrível de pura maldade. Os olhos muito abertos fixavam os quatro homens cinzentos sem pestanejar. Debaixo do queixo, via-se o golpe enorme da garganta, com as bordas arroxeadas.

Jackson sentiu os cabelos porem-se em pé ao reconhecer o seu irmão Goldy. A sua boca abriu-se e encravou nessa posição. Os seus olhos arregalaram-se como se quisessem saltar-lhe das órbitas. Os maxilares começaram a doer-lhe. Um líquido quente começou de repente a correr-lhe pelas pernas abaixo.

— Aquilo é um cadáver, não é? — disse o bagageiro numa voz insegura, como se as suas suspeitas se tivessem subitamente confirmado. Os seus olhos estavam tão arregalados e fixos como os do morto.

— Onde? — disse Jackson.

O pânico e o medo tolhiam-lhe o cérebro. O seu corpo enorme começou a tremer de alto a baixo como se tivesse malária.

— Onde? — berrou o bagageiro num gemido agudo que parecia uma lima a raspar numa serra. — Aí mesmo à frente do seu nariz!

O terceiro negro continuava a recuar.

— Cortado de lado a lado até ao osso — disse o Banhas, aterrado, numa voz abafada.

Os motoristas de táxi aproximaram-se indolentemente e olharam para a cabeça negra coberta de sangue.

— Santo Deus! — exclamou um deles.

— É uma cabeleira — disse o outro.

— O que é que é uma cabeleira?

— Estás a ver? Tem cabelo curto por baixo. É um homem, Santo Deus!

O polícia fardado aproximou-se lentamente como um mensageiro do Juízo Final, fazendo girar descontraidamente o cassetete. Olhou para dentro do carro funerário como se já não houvesse nada que o pudesse espantar. Recuou, imediatamente muito branco, com um sobressalto. Ali estava uma coisa capaz de o espantar.

— Como é que isso apareceu aí? Quem é que fez isto? De quem é este carro funerário? — perguntou ele estupidamente, tentando dominar-se e olhando rapidamente à sua volta em busca de ajuda.

Conseguiu atrair a atenção de um dos detetives à paisana que estavam à entrada da sala de espera e fez-lhe sinal.

O terceiro negro continuara a recuar pela Park Avenue acima em direção ao escuro até sentir que já podia voltar-se. Depois pôs-se a correr pela rua escura a toda a velocidade.

O Banhas ficara sóbrio de repente e tentava afastar-se a pouco e pouco quando um polícia disse bruscamente:

— Ninguém sai daqui.

— Eu não me ia embora — mentiu o Banhas. — Estava só a esticar as pernas um bocado.

Os motoristas de táxi brancos recuaram e encostaram-se, lado a lado, à parede do depósito de bagagens. O detetive à paisana afastou o bagageiro, dizendo:

— Mas o que é isto?

Deitou uma olhadela para dentro do carro funerário, empalidecendo.

— Mas que raio é isto?

— Um cadáver — disse o polícia.

— Quem é o motorista do carro?

— Eu, patrão — disse Jackson, tremendo.

O polícia fardado bufou numa espécie de suspiro, contente por deixar o polícia à paisana tomar conta do caso. Tinha começado a juntar-se gente e estava satisfeito por ter qualquer coisa para fazer.

— Vamos a afastar! — ordenou ele. — Vamos a afastar!

O detetive tirou do bolso um bloco e um lápis.

— Como é que se chama? — perguntou ele a Jackson.

— Jackson.

— Quem é o seu patrão?

— É o Sr. H. Exodus Clay, da Rua 134.

— Onde é que foi buscar este cadáver?

— Não sei, patrão. Já lá estava dentro quando eu entrei. Juro que estava.

O detetive parou de escrever subitamente e olhou para Jackson, incrédulo. Toda a gente olhou para ele.

— Diz que encontrou um morto e não sabe donde ele veio! — exclamou alguém da multidão.

Jackson tremia tanto que os seus dentes batiam como castanholas. Já não estava com medo de perder a miúda nem o minério de ouro dela. Já não estava a pensar na miúda nem no ouro. Só pensava no irmão ali morto com o pescoço cortado. Era o medo instintivo da morte violenta. O medo dos próprios mortos. Ainda não tinha começado a pensar no que lhe iria acontecer. Mas a pergunta seguinte do detetive obrigou-o a pensar nisso.

— Quer dizer que não sabia que esse cadáver estava no carro funerário quando saiu com o carro?

— Não, senhor. Juro que não sabia.

O detetive negro aproximou-se nesse momento e disse com indiferença:

— Qual é o problema?

Um carro-patrulha apareceu vindo da Rua 125, em sentido contrário, abrindo caminho entre a multidão que começava a juntar-se na rua.

— Tem um cadáver ali dentro e diz que não sabe como é que ele ali foi parar — respondeu o detetive branco.

— Sozinho não foi de certeza — disse o detetive de cor, afastando Jackson e o bagageiro para o lado para ver o cadáver. — Macacos me mordam! — exclamou, meio entupido, mais repugnado do que chocado com o que estava a ver.

Depois olhou melhor.

— É a Irmã Gabriel. E afinal o filho da mãe era homem!

O detetive branco continuou a interrogar Jackson como se não estivesse interessado no sexo do cadáver.

— Como é que saiu no carro funerário sem saber que lá estava um morto dentro?

— O patrão disse-me que trouxesse esta mala à estação para a deixar no depósito de bagagens — falava a arfar, quase sem conseguir respirar. — Juro que é verdade. A única coisa que fiz foi ir buscar a mala como ele me mandou, pu-la dentro do carro e trouxe-a para a estação, como ele disse. Que Deus me perdoe se isto não é verdade.

— Deixar a mala no depósito para quê?

Atrás deles, os polícias do carro-patrulha estavam a tentar dispersar a multidão.

— Para trás! Para trás!

Jackson já não estava cinzento e recomeçara a transpirar. Limpou o suor da cara, passando o lenço sujo nos olhos raiados de sangue.

— Não percebi o que disse, patrão.

Vadios, prostitutas, trabalhadores, curiosos, ladrões, pedintes cegos e toda a escumalha que vagueava na orla da estação como espuma suja à saída de um esgoto empurravam-se e acotovelavam-se, atraídos pela notícia de um cadáver de pescoço cortado, tentando dar uma espreitadela para verem o que estavam a perder.

— Eu perguntei porque é que ele queria deixar a mala no depósito.

— Para ser levada para Chicago. Ele vai para Chicago esta noite e queria deixar já a mala na estação para quando fosse comprar o bilhete não ter de se preocupar com ela — disse Jackson a arfar.

O detetive branco fechou bruscamente o bloco de apontamentos.

— Não acredito numa única palavra das tretas que me estás a contar.

— Pode ser que seja verdade — disse o detetive de cor. — Pode ser que um motorista tenha ido buscar o cadáver e o tenha deixado no carro funerário e depois este...

— Mas que raio! E quem é que se lembra de vir à estação deixar uma mala a esta hora da noite?

O detetive de cor riu-se.

— Isto é o Harlem. Até pode ser que o patrão dele tenha a mala cheia de notas de cem dólares.

— Bom, já se vai saber isso. Fique com ele. Se o corpo tiver sido entregue legalmente, é porque foi entregue pelo departamento de homicídios — o detetive olhou à sua volta, por cima das cabeças da multidão. — Onde é que está o carro-patrulha, raios?! Vou ligar para a esquadra.

De repente, Jackson estava a ver a cadeira elétrica e a ver-se a si sentado nela. Se o levassem para a esquadra, haviam de descobrir o que se tinha passado com Slim e a quadrilha dele. E haviam de descobrir como é que Ed, o Tumba, tinha ficado cego e o Coveiro ferido, talvez morto até. Descobriam o minério de ouro, e que Goldy e ele tinham roubado quinhentos dólares, e o carro funerário também. Descobriam que Goldy era irmão dele e iam perceber que Goldy estava a tentar roubar o minério de ouro da sua miúda. E iam pensar que tinha sido ele que tinha cortado o pescoço a Goldy. E tratavam-lhe da saúde.

— Eu vi a ordem — disse ele, aproximando-se lentamente do passeio. — Estava no assento da frente, mas não sabia de quem era.

— Ordem? — disse o detetive branco com brusquidão. — Ordem para quê?

— A ordem para entregar o corpo. Recebemos uma ordem da polícia para ir buscar o corpo. Vi-a ali mesmo no banco da frente.

— Mas então porque é que não disseste logo, raios? Mostra lá isso.

Jackson dirigiu-se para a parte da frente do carro funerário e abriu a porta. Olhou para o assento vazio.

— Estava ali mesmo — disse ele.

Entrou de gatas para dentro do compartimento do motorista, procurando às apalpadelas atrás do assento, olhando para o chão. Ouviu o motor do velho Cadillac a funcionar suavemente. Pôs-se meio sentado no assento para se inclinar para a frente e procurar no porta-luvas. O seu cotovelo tocou na alavanca das mudanças empurrando-a para a primeira, mas o motor continuou a ronronar suavemente e o carro não se mexeu.

— Estava mesmo aqui há um minuto — repetiu.

Os dois detetives estavam de pé no passeio junto à porta a olhá-lo, incrédulos.

— Ligue para a esquadra e pergunte se houve algum homicídio recentemente — gritou o detetive branco para o polícia do carro-patrulha. — Um negro a fazer-se passar por freira a quem cortaram o pescoço. Pergunte se deixaram o corpo sair. Peça-lhes o nome da agência funerária.

— É para já — disse o polícia, dirigindo-se apressadamente para o rádio.

Jackson sentou-se bem sentado no assento para procurar por cima das palas do para-brisas onde estava arrumada uma série de papelada.

— Estava aqui mesmo. Eu vi-a.

Pôs a mão direita em cima do volante para se apoiar e procurar melhor. De repente, com a mão esquerda, fechou a porta e carregou a fundo no acelerador.

O velho motor do Cadillac era um dos últimos modelos de 1947, de grande cilindrada, e tinha potência suficiente para puxar um comboio de mercadorias carregado. O som cavo dos cilindros parecia o de um avião de quatro motores a ganhar altitude quando o carro funerário preto arrancou. Os transeuntes fugiram cada um para o seu lado caricatamente. Um cego tropeçou numa bicicleta ao tentar afastar-se do caminho.

Havia uma abertura de três metros entre um camião com atrelado que seguia para Leste em direção à ponte e um táxi que seguia em direção contrária pela Rua 125. Jackson meteu o carro funerário a direito através da rua e passou por essa abertura tão depressa que não tocou em nada, enfiando na faixa estreita da Park Avenue junto aos pilares de ferro do viaduto da via-férrea. A caixa de velocidades arranhou ao passar para a segunda, depois passou para a terceira e o turbocompressor começou a funcionar.

Ouviram-se disparos à volta da estação como foguetes no Ano Novo chinês.

O uivo da sereia do carro-patrulha começou a ouvir-se subindo rapidamente de volume até se tornar um grito lancinante, e o primeiro carro da polícia arrancou em perseguição do carro funerário. Foi direito a um dos lados do grande camião com atrelado enquanto o polícia tentava calcular a velocidade; calculou mal e derrapou ao tentar virar. O carro-patrulha embateu no flanco de chapa de aço do enorme atrelado, tentou passar por baixo dele, fez ricochete para trás e rodopiou até parar com as rodas da frente todas empenadas.

Os dois outros carros-patrulha começavam nesse momento a uivar. Por cima de toda aquela barulheira ouvia-se a voz exultante do Banhas:

— Eu não dizia? Não se pode confiar num homem gordo! Aquele filho da mãe cortou o pescoço da mãe duma orelha à outra!

— Capítulo 21 —

O Coveiro ficou a olhar para a figura estatelada de Imabelle numa raiva surda. A mulher daquele safado que tinha atirado o ácido a tentar fazer-lhe olhinhos. E o seu companheiro, o Ed, estava no hospital, e se calhar ia ficar cego. Havia eletricidade no ar, tal era a sua fúria.

Além da sua pistola, tinha também a de Ed, o Tumba. Tinha-a na mão sem reparar sequer que a sacara. O seu dedo estava sobre o gatilho e a sua vontade era arrancar uns bons bocados de carne àquela mulata presumida.

Dois polícias armados, que iam a passar pela sala de instrução, voltaram-se hesitantes, com a intenção de o deterem, viram a pistola a tremer-lhe na mão e aproximaram-se em silêncio, boquiabertos.

Dois polícias dos carros-patrulha que vinham a entrar com três prostitutas bêbedas pararam, arregalando os olhos. As vozes praguejantes das prostitutas calaram-se subitamente. Pareceram mirrar, encolhendo-se todas de medo, instantaneamente sóbrias.

Toda a gente que ali estava pensou que o Coveiro ia matar Imabelle.

O silêncio manteve-se até Imabelle se levantar rapidamente e olhar danada para o Coveiro com uma raiva tão surda como a dele.

— O que é que se passa, chui? — berrou ela.

Estava tão furiosa que se esqueceu de puxar a saia para baixo e de sacudir o pó da roupa.

— Se abres a boca mais uma vez... — começou o Coveiro.

— Calma aí — disse o sargento de dia interrompendo-o.

A bochecha esquerda de Imabelle estava muito vermelha e começava a inchar. O seu cabelo estava despenteado. Os seus olhos estavam amarelos como os de um gato e a boca parecia um rasgão na cara que se tornara feia como a de um buldogue.

Os polícias de intervenção olharam-na com pena.

O Coveiro dominou-se fazendo um esforço. Pôs a pistola no coldre com movimentos bruscos. O seu corpo alto e magro movia-se sacudidamente, como um fantoche. Não se atreveu a olhar para ela outra vez com medo do que pudesse fazer. Voltou-se para o sargento de dia.

— Porque é que essa mulher está aí? — perguntou numa voz espessa.

— Por esfaquear um homem na estação da Rua 125.

— Muito?

— Nem por isso. Um trabalhador negro que vive nas traseiras da estação diz que ela o esfaqueou.

O Coveiro por fim voltou-se para Imabelle como se a fosse interrogar, mas mudou de ideias.

— Levaram-no para o Hospital do Harlem para ser cosido — acrescentou o sargento de dia. — Vão trazê-lo aí não tarda, para apresentar queixa.

— Quero-a — disse o Coveiro numa voz monocórdica.

O sargento de dia olhou para a cara do Coveiro.

— Leva-a — disse ele.

Ao mesmo tempo tocou a campainha do gabinete do capitão, carregando num dos botões que tinha na sua secretária. Não queria discutir com o Coveiro, mas não o podia deixar levar a mulher da esquadra sem autorização.

O tenente que estava de serviço saiu do gabinete do capitão e perguntou:

— Sim?

O sargento de dia acenou com a cabeça na direção do Coveiro e de Imabelle.

— O Jones quer levar essa mulher.

— Ela esteve metida naquele arraial lá em cima ao pé do rio, esta noite — disse o Coveiro numa voz espessa.

— Porque é que a queres levar?

— Vai ajudar-me a encontrá-los.

O tenente ficou com cara de quem não gostava muito da ideia.

— Qual é a queixa contra ela? — perguntou ao sargento de dia.

— Um negro diz que ela o esfaqueou. Na Park Avenue. Ainda não o trouxeram.

O tenente voltou-se novamente para o Coveiro.

— Há alguma ligação entre as duas coisas?

— Ela já me vai dizer isso — disse o Coveiro na sua voz espessa, cava.

— Eu não esfaqueei ninguém — disse Imabelle. — Nunca vi aquele homem na minha vida.

— Cala-te — disse o sargento de dia. O tenente observou-a atentamente.

— Tem mesmo cara de quem devia estar na prisão — resmungou irritado, pensativo. — São estas cabras mulatas que levam os tipos negros a cometerem tantos crimes.

— Está a ficar tarde — disse o Coveiro.

O tenente franziu o sobrolho. Aquilo era irregular e ele não gostava de irregularidades no seu turno. Mas os patifes tinham atirado ácido para os olhos de um polícia. E ela era a miúda de um desses patifes. E ele era o companheiro do polícia.

— Leva-a — disse ele. — Leva mais alguém contigo. Leva o O'Malley.

— Não quero mais ninguém comigo — disse o Coveiro. — Tenho a pistola do Ed e basta.

O tenente virou as costas sem dizer mais nada e voltou para o gabinete do capitão. Nenhum dos outros polícias disse nada. Olharam do Coveiro para Imabelle.

O Coveiro aproximou-se dela. Ela não cedeu, provocadoramente. O Coveiro pôs-lhe as algemas nos pulsos tão depressa que ela nem se deu conta do que estava a acontecer. Quando ele lhe pegou no braço e a começou a empurrar para a porta, ela voltou-se, lançando um apelo ao sargento de dia.

— Vai deixar este louco levar-me daqui?

O sargento de dia desviou o olhar sem responder.

— Eu tenho direitos... — berrou ela.

O Coveiro empurrou-a porta fora com tal violência que ela se desequilibrou. Ele arrastou-a pelas escadas de betão. O seu carro estava estacionado a meio quarteirão de distância.

— Largue-me. Eu sei andar — disse ela, e o Coveiro soltou-lhe o braço.

O carro era o mesmo com que ele tinha seguido o Cadillac de Gus até ao esconderijo da quadrilha junto ao rio. Abriu a porta da frente. Imabelle entrou desajeitadamente, as algemas a dificultarem-lhe os movimentos. O Coveiro deu a volta ao carro e entrou para trás do volante.

— Então, onde é que eles estão?

— Não sei onde é que eles estão — disse ela, mal-humorada.

Ele voltou-se no assento para a olhar.

— Não te faças engraçada comigo, mulher. Quero apanhar aqueles safados que atiraram o ácido e vais-me ensinar o caminho, senão desfaço-te a cara com a pistola e nenhum homem há de voltar a olhar para ti.

A sua voz estava tão empastelada que ela mal percebeu o que ele disse. Imabelle sentiu o perigo que ele irradiava. Tê-lo-ia desafiado se ele tivesse ameaçado matá-la. Queria fugir antes de Hank e Jodie serem apanhados e obrigados a falar. Não lhe podiam fazer nada sem o depoimento deles. Mas sabia que o Coveiro não estava a brincar quando lhe dissera que lhe desfazia a cara.

— Levo-o ao sítio onde eles moram. Quero que eles sejam apanhados. Mas não sei se eles ainda lá estão. Talvez já tenham fugido.

O Coveiro pôs o motor a trabalhar e sintonizou o rádio de ondas curtas para a frequência da polícia.

— Onde é que é?

— Numa casa que aluga quartos na St. Nicholas Avenue, por cima de um consultório. O médico vive nos dois primeiros andares e aluga os dois de cima.

— Sei onde é, e é melhor rezares para que eles ainda lá estejam.

Imabelle não soube o que dizer a isso. Ao virarem para a St. Nicholas Avenue, uma voz metálica disse pela rádio:

— ...Apanhar um carro funerário preto com janelas; Cadillac, 1947; matrícula da série M; não sabemos qual é o número; conduzido por um negro baixo com uniforme de motorista... Leva uma mala de viagem verde-escura em cima da essa, visível através das janelas, contendo o cadáver de um indivíduo negro do sexo masculino vestido de freira. Conhecido por Irmã Gabriel. Tem o pescoço cortado... O carro funerário dirigia-se para Sul pela Park Avenue... Mensagem terminada... Vamos repetir... Apanhar...

— Isto complica tudo — o Coveiro percebeu imediatamente que era Jackson que ia a conduzir o carro funerário. Era de certeza um dos carros funerários de Clay. A quadrilha tinha conseguido apanhar Goldy de uma maneira qualquer. Mas porque é que Jackson iria a fugir da polícia?

Imabelle sentiu um arrepio, ao pensar que por pouco também lhe tinham cortado o pescoço.

O Coveiro teve um palpite e fez uma pergunta à toa a ver se acertava.

— Onde é que contactaste o Jackson?

— Eu não vi o Jackson.

— O que é que está dentro da mala?

— Minério de ouro.

Ele não voltou a cabeça.

Iam a subir o pavimento molhado e escuro da St. Nicholas Avenue. No lado esquerdo da rua havia filas de prédios de apartamentos, que se iam tornando maiores, mais espaçosos, mais bem conservados, voltados para o penhasco íngreme do parque rochoso do outro lado da rua. Em cima, havia o planalto da universidade, que dava para o Rio Hudson.

— Agora não tenho tempo para estar a tentar encaixar todas as peças. Vou apanhar os patifes primeiro e depois tento encaixar tudo.

— Só espero que os mate — disse ela maldosamente.

— Vais ter muito que me contar mais tarde, minha linda.

O dia começava a romper. Os edifícios no cimo do planalto sobressaíam na alvorada.

Passaram o cruzamento com a Rua 145, com os quiosques do metropolitano a cada esquina. A seguir a rua descia bruscamente voltando a subir, como numa montanha-russa, em direção à zona onde a elite do *bas-fond* vivia entre os trabalhadores honestos.

Uma carrinha de mercadorias estava a descarregar pilhas de *Daily News* para o passeio molhado. Ao lado de um supermercado havia uma churrascaria que estava aberta toda a noite, com os bancos do balcão cheios de trabalhadores a comer costeletas de churrasco para o pequeno-almoço sob a luz crua das lâmpadas fluorescentes. As costeletas de porco quentes giravam em quatro espetos automáticos à frente de um enorme grelhador elétrico metido na parede junto à montra, sob o olhar de um negro alto que vestia um uniforme branco de cozinheiro.

Duas portas para lá do Eddie's Cellar Restaurant, Imabelle apontou para um Roadmaster Buick amarelo estacionado debaixo de um candeeiro à frente de uma casa de quatro andares com a fachada de pedra.

— É o carro deles.

O Coveiro encostou ao passeio um pouco mais à frente, parou com uma derrapagem, saiu e olhou para as janelas escuras da casa. No rés-do-chão tinha uma porta preta envernizada, com uma aldraba de latão polida. Na ombreira vermelha da porta, havia três campainhas de esmalte branco colocadas na vertical debaixo de uma placa preta e branca em que estava inscrito o nome do Dr. J. P. Robinson.

A casa estava em repouso absoluto.

O Coveiro voltou apressadamente para o carro, estudando a rua pelo caminho e decorando o número da matrícula amarela da Califórnia. Primeiro levantou a capota do motor, desligou os fios do distribuidor e meteu-o no bolso do casaco, fechando violentamente a capota. Depois experimentou as portas, viu que estavam fechadas à chave e espreitou para dentro do carro. Atrás, no chão, estava uma mala de couro castanha. Dirigiu-se para o porta-bagagens, abriu a fechadura com a chave de parafusos do seu canivete grande, olhou um momento para a bagagem arrumada lá dentro, fechou o porta-bagagens e voltou para o seu carro. A operação não tinha levado mais de um minuto.

— Onde é que eles estão?

— No estaminé da Billie.

— Os três?

Imabelle acenou afirmativamente com a cabeça.

— Se não se tiverem ido embora.

O Coveiro entrou para o carro, olhando para o alcatrão preto da St. Nicholas Avenue que subia como uma tira negra larga entre os prédios modernos de apartamentos de ambos os lados da rua, que começavam a ganhar forma na luz cinzenta da manhã.

Começavam a ver-se os primeiros trabalhadores que vinham apressadamente das transversais dirigindo-se para o metropolitano. Mais tarde, os porteiros dos escritórios do centro da cidade começariam a sair dos prédios apinhados, numa torrente contínua, levando na mão pastas de pele envernizadas com os fatos-macaco lá dentro para parecerem homens de negócios, e comprando o *Daily News* para lerem no metropolitano.

Os homens de que andava à procura não se viam em parte nenhuma.

— Quem é que é viciado? — perguntou ele.

— Os dois. O Hank e o Jodie, quero dizer. O Hank toma ópio e o Jodie heroína.

— E o tipo magro?

— Esse só bebe.

— Quais são as alcunhas que eles usam com a Billie?

— O Hank diz que se chama Morgan; o Jodie, Walker; o Slim, Goldsmith.

— Então a Billie sabe do golpe da mina de ouro?

— Acho que não.

— Vais ter de responder a muitas perguntas, mulher — disse, engatando a mudança e pondo o carro outra vez em movimento.

Passaram o Lucky's Cabaret, o King-of-the-Chicken Restaurant, a Elite Barbershop, a grande mansão de pedra, particular, que era conhecida por Castelo do Harlem, deram a volta para trás na Rua 155 entre dois quiosques do metropolitano, voltaram a passar o Fat Man's Bar and Grill, e encostaram ao passeio ao pé da entrada de um prédio de apartamentos aparatoso, de seis andares, de pedra cinzenta. Estacionados junto ao passeio havia uma quantidade de carros caros.

Desse sítio, seguindo pela descida íngreme da Rua 155 até à ponte, levava-se menos de cinco minutos a pé, até à zona escura e sombria junto ao Rio Harlem onde tivera lugar o tiroteio dessa noite.

— Capítulo 22 —

Quando Jackson arrancou no velho Cadillac pela Park Avenue abaixo, não sabia para onde ia. Queria apenas fugir. Agarrava-se ao volante com ambas as mãos. Os seus olhos arregalados olhavam fixamente a faixa estreita de empedrado molhado que parecia subir em caracol por cima da capota do carro como uma casca de maçã a ser descascada, como se ele estivesse a conduzir o carro por baixo dela. De um dos lados, os pilares de ferro do viaduto passavam a voar como as estacas unidas de uma vedação e, do outro lado, as fachadas cheias de montras de lojas pareciam um caleidoscópio comprido e sombrio na luz cinzenta da alvorada.

O ruído cavo e constante do escape deixava um rasto atrás do carro. As portas de trás, ainda abertas, abanavam loucamente de um lado para o outro com os solavancos, batendo violentamente na cabeça do cadáver, que ia aos saltos debaixo da mala que pulava.

Meteu direito ao sinal vermelho do semáforo da Rua 116 a cento e quarenta à hora. Não viu o sinal. Um motorista de táxi sonolento viu uma coisa preta a passar à sua frente e teve a impressão de estar a ver automóveis fantasmas.

As barracas do Mercado do Harlem debaixo do viaduto do caminho de ferro começam na Rua 115 prolongando-se até à Rua 101. Camionetas de mercadorias cheias de carne, hortaliças, fruta, peixe, produtos enlatados, feijão, artigos de algodão, roupas, subiam e desciam a faixa estreita entre os pilares de ferro e o passeio.

Trabalhadores, vendedores, ajudantes e camionistas andavam por ali a descarregar abastecimentos, a montar barracas, a prepararem-se para a multidão de sábado.

Jackson carregou sobre a zona congestionada sem abrandar. Atrás dele vinham as sereias uivantes e as luzes vermelhas dos carros--patrulha em perseguição.

— Cuidado! — berrou um negro grande.

Pessoas em pânico correram para lugar seguro. Uma camioneta guinou quando o motorista tentou desesperadamente virá-la para um lado e depois para o outro para se esquivar ao carro funerário.

Quando Jackson reparou que ia a entrar na zona congestionada do mercado, era tarde demais para parar. A única coisa que podia fazer era tentar meter o carro por qualquer abertura que visse. Era como tentar enfiar um cordão grosso numa agulha estreita.

Virou para a direita para tentar evitar a camioneta, embateu numa pilha de caixotes com ovos e viu uma pasta de gemas amarelas cheias de farpas de madeira voar do outro lado do carro.

As rodas do lado direito do carro funerário galgaram o passeio, passando por cima de uma quantidade de caixotes de hortaliça, fazendo cair uma chuva de couves esmagadas, bocados de espinafres, batatas desfeitas e bananas em cima dos homens que fugiam e das montras das lojas. Havia cebolas a voar pelo ar como balas de canhão.

— Carro descontrolado! Carro descontrolado! — ouviu-se várias pessoas gritar.

O carro funerário chocou com caixotes de peixe coberto de gelo que estavam espalhados pelo passeio, derrapou e, guinando subitamente, foi bater de lado contra a camioneta-frigorífico. As portas de trás escancararam-se e o cadáver de pescoço cortado escorregou um bocado para fora. A cabeça ensanguentada pendia do pescoço cortado fixando a cena de devastação com os seus olhos esbugalhados. Ouviram-se exclamações em várias línguas diferentes.

Fazendo ricochete na camioneta-frigorífico, o carro funerário atravessou a rua aos ziguezagues, galgou uma peça de carne de vaca que um homem da distribuição largara na rua para fugir, e seguiu aos baldões pela rua fora.

A travessia do mercado foi tão rápida que um trabalhador negro exclamou satisfeito:

— Caramba! Por esta não esperava!

— Mas viste o que eu vi?

— Achas que ele o roubou?

— Com certeza que sim, homem. Se não porque é que a polícia andaria atrás dele?

— O que é que ele irá fazer com aquilo?

— Vendê-lo, homem, vendê-lo. No Harlem vende-se de tudo.

Quando o carro funerário entrou na Rua 100, ia todo sujo de ovos, manchado de hortaliças, salpicado de sangue. Agarrados aos para-choques amolgados viam-se bocados de carne crua, escamas de peixe, cascas de fruta. As portas de trás continuavam a abrir-se e a fechar.

Tinha conseguido ganhar terreno em relação aos carros-patrulha, que se viram obrigados a abrandar na zona do mercado. Jackson tinha a sensação de estar a viver um pesadelo. Ia envolto num pânico de que não conseguia libertar-se. Não sabia para onde ia, nem o que estava a fazer. Ia a guiar, mais nada. Já não se lembrava por que razão estava a fugir. Estava só a fugir. Só tinha vontade de continuar ali sentado ao volante e levar o carro funerário até ao fim do mundo.

Atravessou a zona porto-riquenha do Harlem a cento e cinquenta quilómetros à hora. Uma velhota porto-riquenha viu o carro funerário passar, as portas de trás abrirem-se e desmaiou imediatamente.

Um carro-patrulha que seguia para Norte pela Park Avenue com as sereias a uivar viu o carro funerário a aproximar-se do cruzamento com a Rua 95 vindo em sentido contrário. Virou rapidamente para a esquerda com grande chiadeira de pneus. Jackson viu-o e virou o pesado carro funerário para a direita percorrendo uma curva larga. As portas de trás abriram-se e o cadáver escorregou para fora lentamente, como um corpo num funeral de bordo a ser deitado ao mar, caiu na rua com um ruído seco e rebolou ficando deitado de lado.

O carro-patrulha guinou, tentando não o atropelar, descontrolou-se, fez um pião na rua molhada, galgou o passeio, deitou abaixo um marco do correio e estilhaçou a montra de um salão de beleza.

Jackson seguiu pela Rua 95 em direção à Quinta Avenida. Ao ver o muro de pedra da Central Park, apercebeu-se de que tinha saído do Harlem. Estava no mundo dos brancos sem ter para onde ir, sem ter onde esconder o minério de ouro da sua miúda e sem ter onde se esconder. Ia a mais de cento e dez à hora e tinha um muro de pedra à sua frente.

O seu cérebro começou a funcionar. Recordou os versos de um espiritual negro:

Às vezes sinto-me um órfão
Às vezes sinto-me quase morto...

Só lhe restava rezar.

Ia tão depressa que, ao virar bruscamente para Norte na Quinta Avenida, dirigindo-se novamente para o Harlem, a mala escorregou para trás, tombou ao chegar ao fundo da essa, bateu no chão do carro, deu uma cambalhota para a rua, caiu de topo e abriu-se.

Jackson estava tão embrenhado a rezar que nem reparou.

Subiu a Quinta Avenida em direção à Rua 110, virou para a Sétima Avenida, continuou a dirigir-se para Norte para a Rua 139 e parou à porta da casa do seu pastor.

Pelo caminho, passou por três carros-patrulha. Os polícias olharam brevemente para o carro funerário amolgado, sujo, manchado de carne e de ovos e deixaram-no passar. Naquela lata não ia mala de viagem nenhuma nem cadáver nenhum. Jackson nem sequer reparou nos carros-patrulha.

Estacionou à frente da casa do pastor, saiu e deu a volta ao carro para fechar as portas de trás. Ao ver que o carro funerário não levava nada dentro, foi o fim. Já não tinha razão nenhuma para rezar. A sua miúda tinha desaparecido. O minério de ouro dela tinha desaparecido. O seu irmão estava morto. Só tinha vontade de se entregar à misericórdia do Senhor. Teve de fazer um esforço para não desatar a chorar.

O Reverendo Gaines estava a meio de um grande sonho religioso quando a sua governanta o foi acordar.

— Está lá em baixo no escritório o irmão Jackson, que diz que quer falar consigo por causa de uma coisa muito importante.

— O Jackson? — interrogou o Reverendo Gaines, muitíssimo irritado, esfregando os olhos. — O nosso irmão Jackson?

— Sim, reverendo — disse pacientemente a mulher negra. — O seu Jackson.

— O Senhor nos salve dos chatos — resmungou o Reverendo Gaines consigo mesmo ao levantar-se para enfiar o roupão preto de brocado por cima do pijama de seda roxo, e descer até ao escritório.

— Irmão Jackson, o que é que o traz à casa do pastor do Senhor a esta hora profana, quando todos os outros cordeiros do Senhor dormem tranquilamente nos prados? — perguntou ele severamente.

— Pequei, Reverendo Gaines.

O Reverendo Gaines ficou muito tenso, como se alguém tivesse proferido uma blasfémia na sua presença.

— Pecou! Santo Deus, Jackson, e isso é razão que justifique acordar-me a esta hora da noite? E quem é que não peca? Estava nas margens do Jordão, vestido com uma grande túnica branca, a converter pecadores aos milhares.

Jackson olhou-o espantado.

— Aqui em casa?

— Num sonho, irmão Jackson, num sonho — explicou o Reverendo Gaines, um pouco mais brando, sorrindo.

— Ah, desculpe tê-lo acordado, mas é uma emergência.

— Não faz mal, irmão Jackson, sente-se — o Reverendo Gaines sentou-se e encheu um copo de licor de fruta de uma garrafa de vidro lapidado que estava em cima da sua secretária de mogno. — Um pouco de licor para me despertar o espírito. Também quer?

— Não, muito obrigado — recusou Jackson, sentando-se à frente do Reverendo Gaines do outro lado da secretária. — O meu espírito já está mais do que desperto.

— Está metido num sarilho outra vez? Ou é o mesmo sarilho? Era por causa de uma mulher, não era?

— Não, reverendo, da última vez era dinheiro. Estava a tentar resolver uma coisa de maneira que não parecesse que eu tinha roubado. Mas desta vez é pior. A minha mulher também está metida no assunto. Desta vez estou metido numa grande encrenca.

— A sua mulher deixou-o? Finalmente? Porque você não tinha roubado o dinheiro? Ou porque o tinha roubado?

— Não, não é nada disso. Ela desapareceu, mas não me deixou.

O Reverendo Gaines bebeu outro golinho de licor. Gostava de resolver mistérios domésticos.

— Vamos ajoelhar-nos e rezar para que ela volte sã e salva.

Jackson estava de joelhos antes do pastor.

— Sim, está bem, mas primeiro quero confessar-me.

— Confessar-se! — o Reverendo Gaines começara a ajoelhar-se, mas endireitou-se rapidamente como se tivesse uma mola. — Não matou a mulher, não, Jackson?

— Não, reverendo, nada disso.

O Reverendo Gaines soltou um suspiro de alívio e descontraiu-se.

— Mas perdi uma mala que ela tinha cheia de minério de ouro.

— O quê? — as sobrancelhas do Reverendo Gaines arquearam-se bruscamente. — Uma mala que ela tinha cheia de minério de ouro? Quer dizer que ela tinha uma mala cheia de minério de ouro e que nunca me disse nada, a mim que sou o pastor dela? Irmão Jackson, é melhor fazer uma confissão completa.

— Sim, senhor, é isso que eu quero fazer.

Jackson começou por revelar a história de ter sido levado com A Golpada e de ter roubado quinhentos dólares ao Sr. Clay para subornar o falso xerife e tentar recuperar ao jogo, e o Reverendo Gaines ficou cheio de pena.

— O Senhor é misericordioso, irmão Jackson — disse ele, consolador. — E se o Sr. Clay tiver alguma compaixão, há de deixá-lo pagar essa dívida com o seu trabalho. Eu telefono-lhe e falo-lhe no assunto. Mas então e essa mala cheia de minério de ouro?

Quando Jackson descreveu a mala e contou como a quadrilha tinha raptado a sua companheira para a roubar, os olhos do Reverendo Gaines começaram a abrir-se com curiosidade.

— Quer dizer que aquela mala de viagem verde, grande, naquele quartinho onde vocês viviam os dois, estava cheia de minério de ouro?

— Sim, senhor. Ouro puro de dezoito quilates. Mas não lhe pertencia. Era do marido dela e ela tinha de lho devolver. Por isso tive de pedir ao meu irmão Goldy que me ajudasse a procurá-los.

A curiosidade do Reverendo Gaines transformou-se em repugnância à medida que Jackson ia descrevendo Goldy.

— Quer dizer que a Irmã Gabriel era um homem? Era seu irmão gémeo? E que ele andava a enganar pobres ingénuos vendendo-lhes entradas para o céu?

— Sim, reverendo, havia muita gente que acreditava nisso. Mas a única razão que me levou a ir procurá-lo foi ele ser um vigarista e eu precisar da ajuda dele.

À medida que Jackson ia contando os acontecimentos da noite, os olhos do Reverendo Gaines iam ficando cada vez mais esbugalhados, e a sua expressão de repugnância foi-se transformando em horror. Quando Jackson chegou ao ponto em que fugira da polícia na estação da Rua 125, o Reverendo Gaines estava sentado para a frente na borda da cadeira, de boca aberta e com os olhos a saltarem-lhe das órbitas. Mas Jackson contara a história da forma como ele a vira desenrolar-se, e o Reverendo Gaines não compreendeu porque é que ele tinha fugido da polícia.

— Foi por causa do seu irmão? — perguntou. — Eles descobriram que se fazia passar por freira?

— Não, reverendo, não foi isso. Foi porque ele estava morto.

— Morto! — o Reverendo Gaines deu um salto como se uma vespa o tivesse picado no traseiro. — Santo Deus!

— O Hank e o Jodie tinham-lhe cortado o pescoço enquanto eu fui lá acima procurar a Imabelle.

— Santo Deus, homem, porque é que não gritou por socorro? Não o ouviu gritar?

— Não. Sentei-me para descansar uns momentos e adormeci.

— Céus, homem! Então você foi adormecer enquanto andava à procura da sua mulher que corria grande perigo? Enquanto a fortuna dela estava na rua completamente desprotegida... Aquela rua que é a mais perigosa do Harlem... Protegida apenas pelo seu irmão, um vil pecador que não era muito melhor do que um assassino? — a pele negra do Reverendo Gaines começava a tornar-se cinzenta ao pensar no que tinha acontecido. — E cortaram-lhe o pescoço? E meteram o corpo dele dentro do carro funerário?

Jackson limpou o suor dos olhos e da cara.

— Foi, sim. Mas eu não queria adormecer.

— E o que é que fez com o carro funerário? Atirou-o ao Rio Harlem?

— Não, senhor, está parado aqui à entrada.

— À entrada! À frente da minha casa?

Esquecendo a sua dignidade eclesiástica, o Reverendo Gaines ergueu-se de um salto e atravessou apressadamente o escritório para espreitar pela janela da frente para o carro funerário todo amolgado, estacionado junto ao passeio, na manhã cinzenta. Ao voltar-se de novo para Jackson, parecia ter envelhecido vinte anos. A sua segurança implacável fora gravemente abalada. Ao voltar lentamente para a sua cadeira a arrastar os pés, o roupão de brocado abriu-se e as calças do pijama de seda roxa começaram a escorregar. Mas não prestou atenção.

— Vai ficar aí sentado a dizer-me que o corpo do seu irmão com o pescoço cortado e a mala de minério de ouro da sua mulher estão naquele carro funerário lá fora, estacionado à frente da minha casa? — perguntou ele, horrorizado.

— Não, reverendo. Perdi-os. Caíram num sítio qualquer, não sei onde.

— Caíram do carro funerário? Para a rua?

— Devem ter caído para a rua. Eu não andei em mais sítio nenhum.

— E o que é que veio aqui fazer, irmão Jackson? Porque é que veio falar comigo?

— Só queria ajoelhar-me aqui ao seu lado, Reverendo Gaines, e entregar-me ao Senhor.

— O quê?! — o Reverendo Gaines teve um sobressalto como se Jackson tivesse proferido uma blasfémia. — Entregar-se ao Senhor? Santo Deus, homem, mas por quem é que você toma o Senhor? Tem é de ir entregar-se à polícia. O Senhor não o vai salvar de uma encrenca dessas.

— Capítulo 23 —

Os raios do sol a nascer por cima do Rio Harlem tingiam de vermelho o último andar do prédio em que Billie tinha o seu estaminé.

— Não posso ficar à espera no carro? — perguntou Imabelle. Estava a sentir dificuldade em respirar.

— Sai — disse o Coveiro num tom monocórdico.

— Para que é que precisa de mim? Eles estão lá em cima, já lhe disse. Sabe muito bem que eu não posso fugir para lado nenhum com estas algemas.

Ele percebeu que ela estava assustada. Tremia da cabeça aos pés.

— Ora, minha linda, se é a tua sepultura, lembra-te que foste tu que a cavaste — disse ele sem compaixão. — Se o Ed aqui estivesse para te guardar, deixava-te ficar.

Imabelle saiu do carro, tropeçando ao ir-se abaixo das pernas. O Coveiro deu a volta ao carro, segurou-a pelo braço, conduziu-a por umas escadas de cimento através de uma porta dupla que dava para uma pequena sala de entrada, mobilada com uma mesa comprida, cadeiras envernizadas e candeeiros com *abat-jours* de pergaminho nas paredes, ao lado de uma série de espelhos.

Não se ouvia um único ruído.

— Estes vigaristas finos vivem à grande e à francesa — resmungou ele. — Mas ao menos são silenciosos.

Subiram num elevador até ao sexto andar e dirigiram-se para a porta verde à esquerda do patamar quadrado.

— Por favor — suplicou Imabelle, a tremer.

— Vá, toca à campainha — ordenou o Coveiro, encostando-se todo de encontro à parede ao lado da porta e tirando para fora a sua pistola cromada de cano comprido.

Imabelle carregou no botão. Passado um bocado, o postigo abriu-se.

— Ah, és tu, querida — disse uma voz feminina profunda, estranhamente agradável.

Ouviu-se a chave dar a volta na fechadura.

O Coveiro segurou na 38 com a mão direita, pôs a mão esquerda no puxador da porta e empurrou-a para dentro.

Uma forma indefinida na escuridão quase total do *hall* afastou-se lentamente para o lado para o deixar entrar, e a voz profunda disse a Imabelle, num tom menos agradável:

— Bom, entrem e fechem a porta.

Imabelle entrou atrás do Coveiro, e o *hall* escuro ficou apinhado. O som dos seus dentes a baterem levemente ouvia-se no silêncio.

A mulher fechou a porta e deu a volta à chave sem falar.

— Tens cá uns amigos que eu quero, Billie — disse o Coveiro.

— Vem uns momentos ao meu escritório, Coveiro.

Billie abriu a primeira porta à sua esquerda com uma chave Yale que trazia pendurada ao pescoço por uma corrente. Um candeeiro com um *abat-jour* de cobre espalhava uma luz suave sobre a secretária de carvalho. Quando ela acendeu a luz forte do candeeiro de teto, apareceu uma mobília de quarto luxuosa, sobre um espesso tapete escarlate. Fechou a porta rapidamente depois de entrarem.

O Coveiro examinou o quarto com uma olhadela rápida, deteve-se um pouco sobre as maçanetas das portas do armário e da casa de banho e depois avançou para o meio do quarto fazendo de Billie um alvo de costas para a porta do *hall*.

— Fala depressa — disse ele. — Está a fazer-se tarde.

Billie era uma mulher de pele castanha, dos seus quarenta e cinco anos, forte, e trazia um vestido de gabardina encarnada. Com um corte de cabelo masculino e um bigode espesso e macio, a sua cara parecia a de um homem bonito. Mas o seu corpo era um híbrido.

Os dois botões de cima do vestido estavam abertos, e entre os seios enormes via-se uma massa espessa de pelos pretos acetinados. Quando falava, um diamante brilhava entre os dois incisivos.

Billie olhou para a bochecha inchada e arroxeada de Imabelle, para os seus olhos apavorados, e depois concentrou toda a sua atenção no Coveiro.

— Não os prendas aqui dentro, Coveiro. Eu mando-os embora.

— Estão todos juntos?

— Todos? Só cá estão dois neste momento. O Hank e o Jodie.

— O Slim também devia cá estar — disse Imabelle numa voz assustada.

O Coveiro e Billie olharam para ela.

— Talvez ele ande à minha procura.

Billie foi a primeira a desviar o olhar. O Coveiro fixou-a mais uns momentos. Depois olharam novamente um para o outro.

— Eu levo esses dois — disse o Coveiro.

— Aqui dentro não, Coveiro. Estão pedrados até à medula e prontos a matarem seja quem for. Tenho duas das minhas melhores raparigas com eles.

— É o risco que se corre quando se tem uma casa destas.

— Isto não me sai de borla, sabes muito bem. Pago bem caro. E o capitão prometeu-me que aqui dentro não havia sarilhos.

— Onde é que eles estão?

— O capitão não vai gostar, Coveiro.

O Coveiro olhou-a pensativamente.

— Billie, eles atiraram ácido para os olhos do Ed.

Billie arrepiou-se.

— Ouve, Coveiro, eu trato deles. Levo-os eu mesma lá abaixo à sala da entrada e entrego-tos de mãos a abanar.

— Sabes muito bem que eles não têm qualquer intenção de sair por aí. Estão preparados para atravessarem o telhado e saírem pela porta do prédio do lado.

— Está bem. Ouve. Fazemos uma troca. Dou-te três carteiristas, um gatuno de que vocês andam à procura há muito tempo…

— Está a fazer-se tarde, Billie.

— ...E o assassino do Wilson. Aquele que matou o dono da loja de bebidas no assalto do mês passado.

— Hei de cá vir buscá-los, mas agora levo estes dois.

Billie voltou-se depressa e abriu uma das gavetas de cima da secretária.

O Coveiro apontou para as costas dela.

Billie puxou a gaveta toda para fora, atirando-a para cima da cama. Estava cheia de maços de notas de vinte dólares novinhas em folha.

— Estão aí cinco mil dólares. São teus.

O Coveiro não olhou para o dinheiro.

— Onde é que eles estão, Billie? Não tenho muito tempo.

— Estão no quartinho. Mas fecharam-se à chave lá dentro e nem sequer a mim abrem a porta.

— A ela abrem — disse o Coveiro, acenando com a cabeça na direção de Imabelle.

Billie voltou-se para olhar para Imabelle.

Imabelle estava com uma cor amarelada de natas azedas, com olheiras negras debaixo dos olhos de cão doente. Tremia que nem varas verdes.

— Não me obrigue a fazer isso. Por favor, não me obrigue a fazer isso.

As lágrimas corriam-lhe pela cara abaixo. Ajoelhou-se no chão, agarrando o Coveiro pelas pernas.

— Eu faço o que quiser. Vou para a cama consigo, vou para o circo...

— Levanta-te — disse o Coveiro sem dó. — Levanta-te ou rebento com aquela porta e levo-te à minha frente a fazer de escudo.

Imabelle levantou-se como se fosse uma velha. Billie olhou para ela sem pena.

— Se vir o Hank, conhece-o? — perguntou Imabelle ao Coveiro, a arfar. — O que atirou o ácido?

— Até no inferno o conhecia.

— É ele que tem a pistola.

— Vê lá se tens cuidado, Coveiro — suplicou Billie. — Têm duas das minhas melhores raparigas lá dentro com eles. A Jennie só tem dezasseis anos e está com o Jodie...

— Estás a falar demais. Assim ainda ficas sem o estaminé.

— ...E o Jodie está capaz de matar seja quem for à navalhada. E a Carol só tem dezanove anos.

— Vamos esperar que não tenha chegado a hora de nenhuma delas — disse o Coveiro.

Voltou-se para Imabelle.

— Vai lá bater à porta.

Ao saírem do escritório, um branco vinha a sair da casa de banho ao lado, a apertar a braguilha, deitou-lhes um olhar embriagado e voltou para a sala a cambalear tranquilamente.

Imabelle percorreu o corredor como quem ia para o cadafalso.

Havia seis quartos e uma casa de banho no apartamento, com quatro quartos que davam para o corredor central, a casa de banho entre o escritório de Billie e o quarto pequeno a que chamavam quartinho. O corredor desembocava numa divisão grande que servia simultaneamente de sala e casa de jantar, cujas janelas com persianas davam para a Rua 155 e a St. Nicholas Avenue; à direita ficava uma cozinha pequena equipada eletricamente.

Ao fundo da sala uma máquina de discos tocava suavemente; dois brancos estavam sentados em divãs com três raparigas negras. Do outro lado, junto à cozinha, dois homens e uma mulher de cor estavam sentados a uma mesa de jantar de mogno a comer frango frito com salada de batatas. A luz que iluminava a sala era suave, e no ar havia um leve perfume de incenso.

Num dos quartos estavam um branco e uma rapariga de cor, abraçados entre lençóis azuis-claros. Noutro, cinco negros jogavam póquer aberto num silêncio quase total, envoltos em fumo, a beber cerveja gelada diretamente da garrafa e a comer sanduíches.

O quartinho tinha uma porta que dava para o *hall*, e outra que dava para a cozinha. As duas portas estavam fechadas com as chaves metidas na fechadura. A única janela do quarto dava para o patamar da escada de salvamento, mas estava escondida por cortinados pesados corridos de modo a tapar as persianas.

Hank estava deitado num divã, com o seu fato azul, e a cabeça apoiada em duas almofadas. Estava calmamente a fumar ópio por um cachimbo de água, lançando baforadas para o ar. A tijela pouco funda com a pastilha de ópio a borbulhar estava assente numa lamparina em cima de uma mesinha com tampo de vidro. O fumo passava pelo tubo curvo, borbulhava numa garrafa de vidro meio cheia de água tépida e era puxado através de um tubo comprido de plástico transparente para o bocal de âmbar que Hank segurava entre os lábios frouxos.

A 38 automática estava ao seu lado, fora de vista, do lado da parede.

Uma rapariga nova, com uma blusa branca por cima dos seios cheios e calças justas, estava sentada no chão com os joelhos puxados para cima e a cabeça encostada para trás no sofá. Tinha uma pele escura macia, uns olhos grandes muito abertos e uma boca grande que parecia uma flor.

Jodie estava sentado do outro lado do quarto, numa otomana de couro verde. Tinha a cabeça inclinada para a frente, quase dentro do altifalante do móvel do gira-discos a ouvir uma gravação de *Bottom Blues*, de Hot Lips Page, que tocava e voltava a tocar, tão baixinho que só os seus ouvidos estimulados pela droga é que ouviam.

Sentada no chão entre as suas pernas estendidas estava uma rapariga. Vestia uma blusa amarelo-limão que lhe tapava os seios jovens e calças estampadas. Tinha pele de azeitona, uma cara em forma de coração, pestanas compridas que lhe escondiam os olhos castanhos-escuros e uma boca demasiado pequena para a espessura dos lábios. A sua cabeça estava apoiada no joelho de Jodie.

Jodie olhava por cima da cabeça dela, absorto na música *blues*. Passava a mão esquerda lentamente por cima do cabelo castanho encaracolado da rapariga, para trás e para diante, como se a sensação lhe agradasse. Tinha o braço direito apoiado na coxa, e na mão tinha a navalha de ponta e mola com cabo de marfim, que abria e fechava.

— Não tens outro disco? — perguntou Hank, como se falasse de uma grande distância.

— Eu gosto deste disco.

— E não tem outro lado?

— Eu gosto deste lado.

Jodie pôs o disco a tocar outra vez. Hank olhou para o teto com um ar sonhador.

— Quando é que nos vamos embora? — perguntou Jodie.

— Assim que estiver de dia.

Jodie olhou para o seu relógio.

— Já deve ser dia.

— Aguenta um bocado. Não há pressa.

— Quero pôr-me a caminho. Começo a ficar nervoso de estar aqui sentado.

— Espera um bocado. Não tenhas pressa. Deixa que haja algum trânsito na estrada. Não queremos ser o único carro com matrícula da Califórnia a sair da cidade.

— Como é que sabes que vai haver outros?

— Então, matrículas do Ohio. Do Illinois. Espera um bocado.

— Estou farto de esperar.

O disco parou. Jodie pô-lo outra vez a tocar, inclinou-se para o altifalante e recomeçou a abrir e a fechar a navalha.

— Para de dar estalos com essa navalha — disse Hank com indiferença.

— Não sabia que estava a dar estalos.

Por cima do som dos *blues* que tocavam baixinho ouviu-se bater à porta hesitantemente.

Hank olhou com um ar sonhador para a porta fechada à chave. Jodie olhou-o, tenso. As raparigas não levantaram a cabeça.

— Vai ver quem é, Carol — disse Hank à rapariga que estava ao seu lado. Ela começou a levantar-se. — Pergunta quem é.

— Quem é? — perguntou ela numa voz áspera, assustadora.

— Sou eu. A Imabelle.

Hank e Jodie continuavam a olhar para a porta fechada à chave. As raparigas voltaram-se, olhando também. Ninguém respondeu.

— Sou eu, a Imabelle. Deixem-me entrar.

Hank estendeu a mão para o lado e segurou na coronha do revólver. A navalha de Jodie abriu-se com um dique.

— Quem é que está contigo? — perguntou Hank numa voz indolente.

— Ninguém.

— Onde é que está a Billie?

— Está aqui.

— Chama-a.

— Billie, o Hank quer falar contigo.

— O Hank? — disse Hank. — Quem é o Hank?

— Não lhe chames isso — disse Billie, e depois para Hank. — Estou aqui. O que é que queres?

— Quem é que está com a Imabelle?

— Ninguém.

— Abre um bocadinho a porta — disse Hank a Carol.

A rapariga levantou-se e atravessou o quarto a ondear as ancas, deu a volta à chave e abriu a porta uma nesga. Hank tinha a pistola apontada para a abertura.

Imabelle mostrou a cara.

— É a Imabelle — disse Carol.

Billie abriu um bocado mais a porta, olhando por cima de Imabelle para Hank.

— Queres falar com ela?

— Claro, deixa-a entrar — disse Hank, escondendo novamente a pistola ao seu lado.

Hank e Jodie olharam para a cara molhada das lágrimas e para a bochecha vermelha e inchada de Imabelle.

— Fecha a porta — disse Hank distraidamente. Imabelle afastou-se para um lado e o Coveiro surgiu do *hall* escuro como uma aparição a erguer-se do mar. Tinha uma pistola cromada em cada mão.

— Em pé — disse ele numa voz espessa.

— É uma p... duma armadilha — disse Jodie num tom de voz desagradável.

Jodie tinha a mão esquerda apoiada na cabeça encaracolada de Jennie, a mão direita estendida com a navalha na mão. Agarrando a rapariga subitamente com a mão esquerda, pelos cabelos, levantou-a, segurando-a à sua frente como um escudo, e encostou a lâmina afiada à garganta dela pondo-se bruscamente em pé.

A rapariga não soltou um grito, não proferiu uma palavra, não desmaiou. O seu corpo ficou mole quando Jodie a agarrou. A sua cara estava desfigurada, um pingo de sangue correu lentamente pelo seu pescoço esticado. Os seus olhos, com os cantos repuxados para cima, pareciam dois lagos negros enormes que refletiam terror puro, dominando a sua cara pequena e desfigurada. Não respirava.

O Coveiro detetou a expressão da cara da rapariga pelo canto do olho, não se atrevendo a mexer-se com medo que a navalha se enterrasse mais.

Hank fitava sonhadoramente o Coveiro sem se mexer, com os dedos ainda à volta da coronha do 38 escondido. O Coveiro fitava-o também. Observavam o pestanejar um do outro, sem prestar qualquer atenção a Jodie e à rapariga paralisada. Ninguém falou. Carol ficara hirta, com uma mão na maçaneta da porta. Imabelle tremia, fora do alcance das armas, do outro lado. Parecia uma pantomima.

Jodie recuou até à porta que dava para a cozinha. A rapariga recuou com ele, acompanhando cada um dos movimentos dele com um movimento correspondente, como que a executar uma dança macabra. Os seus olhos estavam fixos e secos.

Jodie chegou à porta.

— Estende o braço por trás de mim e abre-a — ordenou ele à rapariga.

A rapariga estendeu cuidadosamente a mão esquerda à volta de Jodie, procurou a chave às apalpadelas e abriu a porta.

Jodie entrou para a cozinha às arrecuas, continuando a segurar a rapariga à sua frente.

Billie estava de pé, silenciosamente, ao lado do fogão elétrico de esmalte branco, com um machado de duas lâminas levantado por cima do ombro direito, à espera que Jodie estivesse ao seu alcance. Jodie recuou mais um passo, com os olhos postos nas pistolas do Coveiro. Billie deu-lhe uma machadada no antebraço direito desferindo um golpe para a frente para afastar a navalha do pescoço da rapariga. Jodie girou violentamente sobre os calcanhares com o braço com que segurara a navalha a abanar como uma manga vazia, enquanto a navalha caía no chão, e deu uma pancada para trás com a borda da mão esquerda. Billie recebeu o golpe na cara ao mesmo tempo que lhe dava uma machadada no meio das costas entre as omoplatas, como se estivesse a rachar lenha, atirando-o para a frente de joelhos.

A cabeça dele voou para trás para olhar para ela enquanto ele gritava:

— Filha da mãe…!

Billie pôs toda a força que tinha num golpe de cima para baixo e enterrou a lâmina afiada do machado no lado esquerdo do pescoço dele com tal violência que lhe atravessou a coluna, deixando a cabeça de Jodie a baloiçar por cima do ombro esquerdo presa por uma tira fina de carne, o insulto ainda nos lábios.

O sangue esguichou do pescoço cortado para cima da rapariga, que desmaiou enquanto Billie deixava cair o machado para pegar nela em peso, cobrindo-a de beijos.

Como se isso fosse o sinal de que estava à espera, Hank levantou o cano da 38 automática, sabendo que não tinha a menor possibilidade de escapar.

Antes mesmo de a erguer acima da anca, o Coveiro deu-lhe um tiro no olho direito com a pistola que tinha na mão direita. Enquanto o corpo de Hank se contorcia com a bala metida na cabeça, o Coveiro disse:

— Esta é por ti, Ed.

E fazendo pontaria com a pistola de Ed, o Tumba, que tinha na mão esquerda, disparou sobre o assassino moribundo atravessando-lhe o olho esquerdo ainda aberto.

De repente, foi um pandemónio. Imabelle escapuliu-se por baixo do braço do Coveiro e correu para a porta. Os clientes saíram dos quartos para o corredor estreito, em debandada, cheios de pânico.

Mas o Coveiro já se voltara, correndo pelo corredor atrás de Imabelle, empurrando-a para um canto e impedindo-a de sair pela porta. Acendeu o interruptor dos candeeiros de teto com o cano de uma pistola e encostou-se à porta, de costas, com uma pistola em cada mão.

— Tudo direito! — gritou ele muito alto. E depois, como que num eco da sua própria voz, imitou Ed, o Tumba. — Tudo quieto!

— E agora, minha linda — disse ele para a mulher encolhida de medo a um canto —, onde é que está o Slim?

Os seus dentes batiam com tanta força que ela mal conseguia falar.

— Dentro da... dentro da mala — gaguejou ela.

— Capítulo 24 —

Estava calor na sala pequena do vigésimo segundo andar do edifício municipal de fachada de granito, bem no centro da cidade. John Lawrence, o jovem Procurador Distrital Adjunto, de camisa cor-de-rosa, que fora nomeado para conduzir o interrogatório, estava sentado atrás de uma secretária de aço grande, pintada de verde, com o cabelo loiro cortado à escovinha a brilhar de lavado sob a luz do sol da tarde.

Jackson estava sentado na borda de uma cadeira de couro verde à sua frente, sujo e desgrenhado, e bastante mais negro do que alguma vez parecera no Harlem. O Coveiro estava sentado de lado no peitoril largo da janela, a olhar para lá da Ilha de Manhattan, para um transatlântico que descia o Rio Hudson em direção a Narrows, rumo a Le Havre. Sentado ao fundo da secretária estava um estenógrafo de caneta na mão e com um bloco de notas à sua frente.

Por um momento manteve-se tudo em suspenso.

Lawrence acabara de interrogar Jackson. De súbito, mexeu-se. Limpou o suor da cara sardenta, passou os dedos de unhas bem tratadas pelo cabelo e remexeu os ombros atléticos debaixo do fato de flanela cinzento da Brooks Brothers.

Lera o relatório do Coveiro duas vezes antes de iniciar o interrogatório. Lera o relatório da esquadra da Rua 95. O motorista de um autocarro da Quinta Avenida comunicara à polícia ter visto na rua a mala aberta contendo o corpo de Slim. A polícia encontrara o corpo de Slim, com vinte facadas, enrolado num cobertor com uma série de pedras e levara-o para a morgue.

Os corpos de Hank e de Jodie tinham também sido levados para a morgue. Tinham sido identificados pelas impressões digitais como sendo os homens procurados por assassínio no Mississípi.

Fora feita uma busca no apartamento da Upper Park Avenue. Apenas se descobrira como prova uma quantidade de bocados de calcopirite empilhados no caixote do carvão.

Lawrence ouvira durante duas horas o desenrolar da epopeia da mulata e da mala cheia de minério de ouro puro com uma estupefação crescente. Continuava a pensar que não tinha ouvido bem.

Olhava para Jackson, assombrado, incrédulo.

— Fiú! — assobiou baixinho.

Trocou um olhar com o estenógrafo. O Coveiro não voltou a cabeça.

— Quer perguntar alguma coisa, Jones? — questionou Lawrence, quase implorando.

O Coveiro voltou-se para ele.

— Para quê?

Lawrence olhou novamente para Jackson e disse, impotente:

— Então insiste que, tanto quanto sabe, a mala só continha minério de ouro?

Jackson limpou a cara negra transpirada com um lenço quase da mesma cor.

— Sim, senhor. Posso jurar em cima de uma pilha de Bíblias. Tantas vezes quantas aquelas que o vi com os meus próprios olhos.

— Também declarou que, tanto quanto sabe, a Sr.ª Perkins já tinha abandonado o local... a zona... quando o seu irmão... — consultou os apontamentos — ...quando a Irmã Gabriel foi assassinada.

— Sim, senhor. Posso jurar. Procurei por toda a parte e ela já se tinha ido embora.

Lawrence pigarreou.

— Tinha-se ido embora, sim. E continua a afirmar que ela... a Sr.ª Perkins estava com a quadrilha... com esse Slim... contra a sua vontade?

— Eu sei que estava — declarou Jackson.

— Como é que pode estar tão seguro disso, Jackson? Foi ela que lho disse?

— Não era preciso ela dizer-me, Sr. Lawrence. Eu sei que ela estava. Conheço a Imabelle. Sei que não se ia juntar àquela gente se não a obrigassem. Conheço muito bem a minha Imabelle. Ela não era capaz de fazer uma coisa dessas. Posso jurar.

O Coveiro continuava a olhar para o rio.

Lawrence estudou Jackson disfarçadamente, fingindo estar a ler os apontamentos. Já tinha ouvido falar em negros ingénuos como Jackson, mas nunca vira nenhum em carne e osso.

— Hum! E insiste que ela não estava envolvida no golpe da quadrilha para lhe roubarem o seu dinheiro?

— Não, senhor. Porque é que ela havia de fazer uma coisa dessas? O dinheiro era tanto dela como meu.

Lawrence soltou um suspiro.

— Suponho que não vale a pena perguntar, mas é uma questão de formalidade. Não quer apresentar queixa contra ela, não?

— Apresentar queixa contra ela? Contra a Imabelle? Para quê, Sr. Lawrence? O que é que ela fez?

Lawrence fechou o bloco de notas com determinação e olhou para o Coveiro.

— Quais são as acusações da polícia metropolitana contra ele, Jones?

O Coveiro voltou-se, mas continuou a não olhar para Jackson.

— Condução perigosa. Destruição de bens patrimoniais. Parte disso está coberto pelo seguro do veículo. E resistência à prisão.

— Vai prendê-lo?

O Coveiro abanou a cabeça.

— O patrão dele já pagou a fiança.

Lawrence ficou a olhar para o Coveiro.

— Ah, pagou?! — exclamou Jackson involuntariamente. — O Sr. Clay? Ele pagou a minha fiança? Não me mandou prender?

Lawrence voltou-se para olhar para Jackson.

— Ele roubou quinhentos dólares ao patrão — disse o Coveiro. — O Clay pediu um mandado de captura contra ele, mas hoje ao fim da manhã retirou a queixa.

Lawrence passou novamente os dedos pelo cabelo curto.

— Esta gente parece toda maluca — resmungou ele.

Mas ao reparar que o estenógrafo estava a tomar nota das suas palavras disse:

— Deixe lá isso — olhou novamente para o Coveiro. — O que é que você pensa de tudo isto?

O Coveiro encolheu ligeiramente os ombros.

— Sei lá.

Lawrence olhou para Jackson.

— O que é que você sabe que possa incriminar o seu patrão?

Jackson remexeu-se sob o olhar de Lawrence e limpou a cara para esconder a sua atrapalhação.

— Não sei nada.

— Quer que eu o mande prender como testemunha material? — disse Lawrence, lançando novo apelo ao Coveiro.

— Para quê? Testemunha contra quem? Ele já disse tudo o que sabe e não vai para lado nenhum.

Lawrence bufou.

— Bem, pode-se ir embora, Jackson. O Município não tem provas nenhumas contra si. Mas aconselho-o a entrar imediatamente em contacto com esses reclamantes todos... Essas pessoas a quem você destruiu bens. Faça contas antes de eles apresentarem queixa.

— Sim, senhor. Vou fazer isso imediatamente.

Jackson levantou-se, depois hesitou, retorcendo o boné de motorista.

— Algum dos senhores sabe alguma coisa da minha mulher... Onde está ou algo do género?

Voltaram-se os três olhando-o embasbacados. Por fim, Lawrence disse:

— Está presa.

— Presa? Porquê?

Continuaram a olhá-lo, incrédulos.

— Está detida para ser submetida a interrogatório — disse Lawrence, finalmente.

— Posso vê-la? Falar com ela, quero dizer?

— Agora não, Jackson. Ainda não falámos com ela.

— Quando é que acha que a vou poder ver?

— Dentro de pouco tempo, talvez. Não precisa de se preocupar com ela. Ela está segura. Aconselho-o a ir acertar contas com os reclamantes assim que puder.

— Sim, Sr. Lawrence. Vou já falar com o Sr. Clay.

Depois de Jackson sair, Lawrence disse ao Coveiro:

— Parece-me não haver dúvidas de que o Jackson está inocente como um cordeiro, não acha?

— Um cordeiro tosquiado — interveio o estenógrafo.

O Coveiro soltou um grunhido.

— Sabe alguma coisa do seu companheiro, Jones? — perguntou Lawrence.

— Passei pelo hospital.

— Como é que ele está?

— Disseram-me que ele ficava a ver, mas nunca há de ter a mesma cara.

Lawrence suspirou outra vez, endireitou os ombros e assumiu uma expressão severa de determinação. Premiu um botão em cima da secretária e, quando um polícia espreitou do corredor, disse:

— Traga-me a Sr.ª Perkins.

Imabelle trazia ainda o mesmo vestido encarnado, que tinha agora um aspeto esfarrapado. A bochecha em que o Coveiro dera a bofetada estava agora roxa e tinha umas riscas alaranjadas.

Lançou uma olhadela rápida ao Coveiro, mas desviou o olhar quando ele a fitou, sondando-a. Depois foi sentar-se na cadeira à frente de Lawrence, começou a cruzar as pernas, mas mudou de ideias e sentou-se na bordinha da cadeira com os joelhos juntos, as costas muito direitas.

Lawrence olhou-a brevemente, depois estudou os apontamentos à sua frente. Releu os relatórios todos, levando o seu tempo.

— Santo Deus, tanta facada, tanto tiro — resmungou ele. — Estamos aqui todos a nadar em sangue. Não, não, não escreva isso — acrescentou, dirigindo-se ao estenógrafo.

Voltou a olhar para Imabelle, esfregando o queixo devagar, sem saber por que pergunta havia de começar.

— Quem era o Slim? — perguntou ele, por fim. — Qual era o verdadeiro nome dele? O nome que nós temos no relatório é Goldsmith. No Mississípi dava pela alcunha de Esfolador.

— Jimson.

— Jimson! É esse o nome dele? Primeiro nome ou apelido?

— Clefus Jimson. Era o verdadeiro nome dele.

— E os outros dois, quais eram os verdadeiros nomes deles?

— Não sei. Eles usavam muitos nomes. Não sei quais eram os verdadeiros nomes deles.

— Esse Jimson — o nome soava-lhe mal. — Bem, vamos chamar-lhe Slim. Quem era o Slim? Que ligação é que havia entre vocês os dois?

— Ele era meu marido.

— Foi o que eu pensei. Onde é que se casaram?

— Não éramos propriamente casados. Estávamos juntos.

— Ah! Você... estava em contacto com ele? Quero dizer, enquanto esteve a viver com o Jackson?

— Não, senhor. Há quase um ano que não o via nem sabia nada dele.

— Então, como é que ele entrou em contacto consigo...? Ou você com ele, ou lá como foi.

— Encontrei-o na casa da Billie, por acaso.

— Na casa da Billie? — Lawrence consultou novamente os seus apontamentos. — Ah, sim, foi aí que os outros dois foram mortos — meu Deus, tanto sangue, estava ele a pensar. — O que é que estava a fazer na casa da Billie?

— Fui só fazer uma visita. Costumava lá ir à tarde, quando o Jackson estava a trabalhar, só para a visitar. Não gostava de andar pelos bares, porque isso podia prejudicar a reputação dele.

— Ah, estou a ver. E quando você encontrou o Slim combinaram os dois enganar o Jackson com a vossa vigarice... — olhou para os apontamentos. — «A Golpada».

— Eu não queria. Eles obrigaram-me.

— Como é que eles a podiam obrigar se você não quisesse?

— Eu tinha pavor dele. Dos três. Eles estavam furiosos comigo e eu tinha medo de que eles me matassem.

— Quer dizer que eles tinham qualquer coisa contra si. O que era?

— Eu tinha-lhes tirado a mala com o minério de ouro que eles usavam para dar o golpe da mina de ouro perdida.

— A calcopirite que foi encontrada no caixote do carvão do apartamento em que você vivia com o Slim?

— Sim.

— Quando é que lhes tirou a mala?

— Quando os deixei, no Mississípi. Ele andava metido com outra mulher e quando me vim embora trouxe a mala comigo para Nova Iorque. Eu sabia que eles não podiam trabalhar sem ela.

— Estou a perceber. E quando ele a encontrou na casa da Billie ameaçou matá-la?

— Não foi preciso. Ele só disse: «Vou-me juntar a ti outra vez e vamos limpar aquele preto com quem tens estado a viver.» O Hank e o Jodie também lá estavam. O Hank estava pedrado e com aquele ar malvado e sonhador com que ele fica quando fuma ópio, e o Jodie estava pedrado com heroína e sempre a abrir e a fechar a navalha, a olhar para mim como se tivesse vontade de me cortar o pescoço. E o Slim estava meio bêbedo. O Hank disse que iam buscar o minério de ouro e começar a trabalhar aqui em Nova Iorque. Eu não podia fazer nada. Tive de fazer o que eles queriam.

— Muito bem. Então afirma que participou sob coação. Que eles a obrigaram sob ameaça de morte a trabalhar com eles?

— Sim. Ou fazia o que eles queriam ou eles cortavam-me o pescoço. Não tinha por onde escolher.

— Porque é que não foi à polícia?

— O que é que eu ia dizer à polícia? Nessa altura, eles ainda não tinham feito nada. E eu não sabia que eles estavam a ser procurados no Mississípi por assassínio. Isso aconteceu depois de eu me ter vindo embora.

— Porque é que não foi à polícia depois de eles terem vigarizado o Jackson e lhe terem tirado os mil e quinhentos dólares?

— Pela mesma razão. Nessa altura, eu não sabia se o Jackson já sabia que tinha sido levado. Se eu tivesse ido à polícia e o Jackson não tivesse apresentado queixa, a polícia deixava-os ir embora. E então é que eles me matavam de certeza. Eu não sabia nada do irmão do Jackson. A única coisa que sabia era que o Jackson era todo certinho e não ia ser capaz de me ajudar em nada.

— Está bem. Mas porque é que não foi à polícia depois de eles terem atirado ácido à cara do Detetive Johnson?

Imabelle olhou brevemente na direção do Coveiro e encolheu-se. O Coveiro estava a olhá-la com uma expressão rígida de ódio.

— Não pude — disse ela num tom suplicante. — Se pudesse, tinha ido. O Slim esteve sempre comigo até chegarmos a casa. Depois, quando o Hank e o Jodie desceram o rio naquele barco a motor que arranjaram, saíram ao pé do viaduto do comboio e vieram diretamente ter ao sítio onde o Slim e eu estávamos. Nem valia a pena pensar em ir à polícia.

— E, aí, o que é que aconteceu?

Sob o olhar atento dos três homens, a cara de Imabelle estava coberta de suor.

— Bem, o Jodie estava convencido de que eu tinha contado tudo à polícia, até o Slim lhe explicar que eu não podia ter feito isso. Não tinha tido oportunidade. O Jodie estava pedrado e furioso, e se não tivesse sido o Hank, ele e o Slim tinham-se pegado outra vez. O Hank era o único que andava de pistola, apontou-a para o Jodie e fê-lo estar quieto. Depois o Jodie quis que ele e o Hank levassem o minério de ouro e fugissem e me deixassem ali com o Slim. O Slim disse que eles não podiam levar o ouro sem me levarem a mim e a ele também. Depois o Hank disse que concordava com o Jodie. Não podiam levar o Slim por causa das queimaduras de ácido que ele tinha no pescoço e na cara. Era muito fácil a polícia identificá-lo. Iam começar a fazer contas de cabeça e acabavam por descobrir quem ele era. O Hank disse ao Slim que se escondesse num sítio qualquer até as queimaduras estarem curadas e depois mandavam-no buscar, mas entretanto levavam o minério de ouro. O Slim disse que ninguém ia levar o ouro dele, e que se estava nas tintas para eles. Depois, antes que o Hank o conseguisse impedir, o Jodie espetou-lhe a navalha no coração e continuou a dar-lhe facadas até que o Hank disse: «Para com isso, senão sou eu que te mato.» Mas por essa altura o Slim já estava morto.

— Onde é que você estava enquanto tudo isso acontecia?

— Estava lá, mas não podia fazer nada. Estava cheia de medo de que o Jodie começasse a dar-me facadas a mim também. E era o que ele tinha feito se o Hank não o tivesse impedido. Parecia louco.

— Mas porque é que eles puseram o corpo dentro da mala?

— Queriam ver-se livres dele para não ficarem metidos noutro caso de assassínio em Nova Iorque. O Hank disse que sabia de um sítio na Califórnia onde podiam arranjar mais daquele minério. Por isso só deixaram uns bocados dentro da mala para fazer peso e deitaram o resto no caixote do carvão. Estavam a pensar atirar a mala para dentro do Rio Harlem. O Hank disse que ia buscar uma carrinha para a levar e o Jodie era suposto ficar lá em baixo de vigia. A mim mandaram-me lavar o sangue do chão. Não me atrevi a pensar em fugir dali com o Jodie à porta. Só soube que ele tinha ido com o Hank quando o Jackson e o irmão apareceram para vir buscar a mala.

Lawrence esfregou o queixo irritado, tentando perceber a situação. Mas a situação era demasiado turva.

— E onde é que você entrava no meio disso tudo?

— Eles iam levar-me com eles. Tive medo de que eles me fossem levar dali para me matarem algures na estrada.

— Mas quando eles voltaram e mataram o Goldy você já tinha fugido?

— Já, sim. Disso não soube nada.

— Porque é que não avisou a polícia nessa altura?

— Era o que eu ia fazer. Ia à esquadra contar ao primeiro polícia que eu visse. Mas aquele homem atacou-me antes de eu lá chegar.

E antes de eu ter tempo de dizer fosse o que fosse, a polícia tinha-me levado para a prisão só por me tentar defender.

Lawrence calou-se uns momentos para consultar outra vez o relatório.

— Disse ao Detetive Jones onde é que estavam o Hank e o Jodie assim que pude — acrescentou.

Lawrence respirou fundo com um suspiro.

— Mas você convenceu o seu namorado, o Jackson, e o irmão, a… a Irmã Gabriel… a levarem a mala com o corpo do Slim sem lhes dizer o que lá estava dentro?

— Não, senhor, eu não os convenci. Eles já estavam decididos a levar a mala e eu tive receio que, se lhes dissesse, eles ficassem ali para tentarem levar o ouro e que entretanto o Hank e o Jodie voltassem e os encontrassem ali e depois havia mais mortos. Eu sabia que o Jackson estava convencido de que aquilo era ouro verdadeiro e percebi que o irmão dele também. Pensei que o melhor era deixá-los levar a mala e fugirem o mais depressa que pudessem. Assim, iam-se embora antes de o Hank e de o Jodie voltarem.

— Você disse que o Jodie tinha ficado lá em baixo à entrada, de vigia.

— Foi isso que eu pensei primeiro, mas quando o Jackson e o irmão apareceram, percebi que o Jodie devia ter ido com o Hank. Pensei que depois de eles se terem ido embora e estarem a salvo, eu podia ir à polícia contar tudo sem mais ninguém se magoar.

Lawrence olhou para o Coveiro.

— Você acredita nisto?

— Não. Ela deixou que o Jackson e o Goldy se encarregassem do corpo e tencionava fugir no primeiro comboio que saísse da cidade. Estava-se nas tintas com o que lhes pudesse acontecer.

— Eu só não queria que mais ninguém se magoasse — protestou Imabelle. — Já bastava de mortos.

— Está bem, está bem — disse Lawrence. — Pelo menos é o que você diz.

— É o que eu digo, não. É a verdade. Eu ia contar tudo à polícia. Mas aquele matulão preto filho da… aquele homem atacou-me antes de eu poder ir à polícia.

— Está bem, está bem, já sabemos isso — Lawrence voltou-se para o Coveiro. — Vou mandá-la prender por cumplicidade.

— Para quê? Não vai conseguir que a condenem. Ela diz que foi obrigada a participar. O Jackson vai confirmar os argumentos dela. Ele acredita na história e ela sabe disso. Está provado que eles eram perigosos. Quem é que resta para poder negar que as coisas se tenham passado como ela diz? As testemunhas todas que havia contra ela estão mortas, e qualquer júri que o senhor arranje vai acreditar nela.

Lawrence limpou a cara transpirada e vermelha de calor.

— E o seu testemunho e o do Johnson?

— Deixe-a ir embora, deixe-a ir embora — disse o Coveiro com dureza. Parecia estar no auge da fúria. — O Ed e eu acertamos as contas. Um dia destes vamos apanhá-la num sítio qualquer com as calças na mão.

— Não, isso não pode ser — disse Lawrence. — Vou-lhe impor uma fiança de cinco mil dólares.

— Capítulo 25 —

O Sr. Clay estava a dormir a sesta quando Jackson chegou. Jackson viu a porta da entrada aberta e entrou sem bater. Smitty, o outro motorista, estava a cochichar com uma mulher na capela sombria.

Jackson abriu suavemente a porta do escritório do Sr. Clay e entrou em silêncio. O Sr. Clay estava deitado no divã, voltado para a parede. De casaca vestida, a farta cabeleira grisalha espalhada na colcha, a pele enrugada emoldurada pela parede escura, parecia uma relíquia de museu, sob a luz ténue do candeeiro de pé que brilhava constantemente na montra.

— És tu, Marcus? — perguntou ele subitamente sem se voltar.

— Não, Sr. Clay, sou eu, o Jackson.

— Tens o meu dinheiro, Jackson?

— Não, senhor...

— Bem me parecia.

— Mas vou devolver-lho até ao último cêntimo, Sr. Clay... Os quinhentos dólares que eu levei e os duzentos que me adiantou do meu salário. Não se preocupe com isso, Sr. Clay.

— Eu não estou preocupado, Jackson. Você pode apresentar queixa contra o Município pelo dinheiro que aqueles vigaristas lhe roubaram.

— Ah, posso? Contra o Município?

— Sim. Eles tinham oito mil dólares com eles. Mas não digas a ninguém, Jackson, não digas a ninguém.

— Sim, Sr. Clay, pode ter a certeza de que não direi.

— E Jackson…

— Sim, Sr. Clay?

— Já trouxeste o meu carro funerário?

— Não, Sr. Clay. Não sabia se podia. Deixei-o estacionado à frente da esquadra.

— Então, vai buscá-lo, Jackson. E despacha-te a voltar porque há aqui muito que fazer.

— Vai-me deixar voltar para cá, Sr. Clay?

— Nunca deixei que te fosses embora, Jackson. Um homem bom como tu é difícil de encontrar.

— É 'pra já. E faz o enterro do meu irmão, Sr. Clay?

— É essa a minha profissão, Jackson. É essa a minha profissão. Qual era o montante do seguro dele?

— Ainda não sei.

— Então descobre, Jackson, e tratamos do assunto.

— Sim, Sr. Clay.

— Como é que está a tua mulata, Jackson?

— Está ótima, Sr. Clay. Mas neste momento está presa.

— É pena, Jackson. Mas pelo menos assim sabes que ela não te anda a enganar.

Jackson forçou uma gargalhada.

— O senhor está sempre a brincar. Sabe muito bem que ela não fazia uma coisa dessas.

— Pelo menos enquanto estiver na prisão não faz — disse o Sr. Clay, sonolentamente.

— Vou lá agora tentar vê-la.

— Está bem, Jackson. Fala com o Joe Simpson e diz-lhe que pague a fiança dela… Se não for uma quantia muito grande.

— Sim, senhor. Muito obrigado, Sr. Clay.

Joe Simpson tinha um escritório na Lenox Avenue, à esquina da agência funerária. Jackson foi com ele de carro até ao centro da cidade, à sede da polícia municipal.

Quando o Procurador Distrital Adjunto Lawrence soube que Imabelle ia sair sob fiança, mandou chamar Joe Simpson. O Coveiro e o estenógrafo já se tinham ido embora, e Lawrence estava sozinho no seu gabinete.

— Joe, quero saber quem é que pagou a fiança dessa mulata — disse ele.

Simpson olhou para ele, surpreendido.

— Ora, foi o Sr. Clay.

— Santo Deus! — exclamou Lawrence. — Mas que é isto? O que é que se está a passar? O que é que eles têm contra ele que o possa incriminar? Eles roubam-lhe o dinheiro, dão cabo do carro funerário dele, enganam-no de todas as maneiras possíveis, e ele não perde tempo a pagar a fiança deles para os tirar da prisão. Quero saber porquê.

— Dois daqueles tipos tinham oito mil dólares com eles quando foram mortos.

— E o que é que isso tem?

— Pensei que o senhor sabia como essas coisas funcionam, Sr. Lawrence. O dinheiro vai para o enterro deles. E é o Sr. Clay que irá tratar dos enterros. Afinal, é como se eles tivessem andado a angariar clientela para ele.

Jackson estava na outra ala do edifício, à espera na sala, quando o carcereiro trouxe Imabelle da sua cela. Soltou um enorme suspiro e uma gargalhada, abraçando-a. Ela anichou-se contra a barriga enorme dele e colou os lábios inchados aos dele num beijo suado.

Depois afastou-se para trás e disse:

— Vamos ter de nos despachar a ir falar com aquela velha coruja para ver se ela nos deixa ficar com o quarto outra vez para termos onde dormir esta noite.

— Não vai haver problemas — disse ele. — Vou continuar no mesmo emprego. E foi o Sr. Clay que pagou a tua fiança.

Imabelle segurou-o de braços estendidos e olhou-o nos olhos.

— E conseguiste ficar com o emprego, paizinho. Mas que bom.

— Imabelle — disse ele com um ar envergonhado. — Só queria dizer-te uma coisa. Desculpa, mas perdi a tua mala cheia de minério de ouro. Fiz tudo o que pude para a salvar.

Ela soltou uma gargalhada e apertou-lhe os braços gordos.

— Paizinho, não te preocupes. Porque é que eu me hei de ralar com uma mala cheia de minério de ouro se te tenho a ti?